GAEA

GAEA

案簿錄 陸

渡客

おくりびと。

護玄——著

渡客 案簿錄 陸

目錄

楔子 09
第一章 13
第二章 39
第三章 61
第四章 83
第五章 107

第六章……135
第七章……159
第八章……185
第九章……207
第十章……227
尾聲……247
案簿錄小劇場／護玄 繪……250

人物介紹

虞因

大學生，有自然捲，髮色大多時間是褐色的(萬年染色款)。性格愛玩有點衝動，經常和同學出入夜店與夜遊，不過遇到正事時又很沉得住氣。有陰陽眼。

少荻聿

高中生，黑直髮紫色眼睛。皮膚白皙，有外國血統。因為家裡發生滅門慘劇受到很大打擊，變得不願/不能說話，但是個性細心，在語言方面很有才華。

虞夏
虞佟的雙生兄弟，阿因的二爸。警員，脾氣非常暴躁但辦事效率極佳，指著他叫小鬼必定會被揍。目前在刑事組任職，幾乎整年都在跑現場查案。
虞佟
阿因的父親。警員，黑髮娃娃臉（有著高中生般的面孔）脾氣非常溫和，擅長烹飪，因為曾經重大車禍關係所以視力衰弱。
嚴司
撈過界的法醫，暫時到本市警局支援法醫工作。興趣是遊玩人間，不過經常加班趕工沒得玩。

再見了。
世界。

風在吹。

即使穿著再厚的衣服、外套，仍舊抵不住穿骨似的冰冽疼痛。

他俯瞰著下方川流不息的冰冷燈光，如刀般的冷光隨著車輛、路人來來去去，讓人難以感受到絲毫美麗，也無法理解所謂美好的城市夜景。

那些燈，根本不是什麼幻想希望，全部都是一樣讓人寒冷的人心。

一盞一盞，一顆一顆。

最後，腐蝕更多人們。

□

「老大，阿因他們出門了嗎？」

虞夏走在廊上看資料看到一半時，突然被喊住，回過頭就看見一個老同事笑笑地叫住他，然後說道：「我女兒他們公司在開團購啦，記得你家阿因之前也有買那家的東西，問問看要不要一起訂。」

不過，他隱約有印象先前聽虞佟說放連假時，虞因和聿還有幾個學校的同學要出門旅遊幾天，所以正好先問問。

「今天一大早就出去了。」那三個小的搭早上七點多的火車，天都還沒亮就在那邊弄早餐，虞夏那時候剛好回家，順便送他們出去。

「這樣啊。」

稍微談了幾句話之後，對方就先去忙了。

正要去報告手邊要做的事，一轉過走廊，虞夏遠遠看見凱倫朝自己招手。對方前幾天才回來這邊，聽說小隊破獲一處公寓裡的個人煉毒，專用感冒藥來提煉毒品，已經賣出不少，凱倫釣了對方一陣子還順便循線抓了幾個買家，算收穫還行。

不知該不該怪罪於現在網路方便，這些個體戶似乎越來越多，連學生也常深陷其中。

「薯條？」抬抬手上的提袋，凱倫似笑非笑地說道：「我家隊長私下要我問你們到底在搞什麼，問了我們那麼多消息。」

「就算薯條變兩份也沒用，現在還不能和他講。」當然知道對方好奇，虞夏看了紙袋一眼，也沒眞的去接，「還有垃圾食物不要吃那麼多。」

凱倫聳聳肩，跟著對方旁邊一起走，「單身一個人在外有什麼辦法，又不是人人都像你家有大廚也有小廚。」

「買食物和有沒有廚沒關係。」又不是沒人賣蔬菜水果，看要不要吃而已。

「沒關係，我們活動量大，熱量多點也消耗得完。」半開玩笑地說道，凱倫順便補上一句：「反正我是年輕人，還很有本錢消耗。」

「……」

「話說回來，你找我幫忙的事，還眞的有查到一些，難怪你一定得在檯面下做了……彼此都小心點吧。」走到了沒有人的樓梯間，他們雙雙停下腳步，凱倫收斂起開玩笑的神色，正經開口：「我自己單身一個沒什麼後顧之憂，你們那邊眞的沒問題嗎？你要拔人家的椿，他們多的是辦法讓你連警察都幹不成。」

「眞這樣的話，那就不要做了。」虞夏勾起唇，「退休，去山上買塊地，養雞什麼的。」

「如果可以也不是什麼壞事。」凱倫跟著笑了笑，靠在一邊牆上，「我哥也講過這種話，如果世道已經不再値得我們賣命，那就退休，去種個田，養些雞鴨什麼的，早上六點起床、晚上九點睡覺，人圖的也就這點安定。」

「是啊。」

只是，他們還是繼續在做。

不然，就沒人做了。

「敬你的退休生活。」把手上的袋子往對方懷裡一塞，凱倫揮揮手，離開了樓梯間。

聽見了對方在外面和路過的其他人打招呼和說笑的聲音，虞夏打開那袋薯條，濃郁的油炸食物混合起司的味道傳來，將裡面的盒子翻倒後，就是連吃都不能吃的東西了。

咬著薯條，虞夏抽走隨身碟。

1

「海耶！看到海了！」

迷迷糊糊之際，聽見了座位前後傳來小小的說話聲，然後是些快門拍照聲，混在火車行進間發出的聲音裡，其實並不是很刺耳，但在很想好好休息的人耳中，仍然是擾人的噪音。

留意到他的動靜，對座的人有點抱歉地壓低聲音：「吵到你了嗎？」

空氣很冰涼，即使在車廂中，還是可以感覺到略微寒冷的溫度。稍早發現這個問題時，坐在他身邊的女性不知從哪裡弄出來一件大衣，硬是把他整隻給包捆起來才准他睡覺。

從台中出發的車班到達目的地需要一些時間，每個人都是起了個大早出來搭車的，幾乎一上車便各自歪歪斜斜地掛掉繼續補眠，看來昨天八成也不是只有他一個沒睡或沒睡好，坐在他對面的兄弟檔把剛做好的早餐發完、嗑掉後，也加入陣亡行列，不過似乎沒多久就醒來不知道在幹嘛。

瞄了眼時間，現在窗外的海應該是進入宜蘭所看見的海線吧。

正在發呆時，一罐溫熱的飲料直接塞到他手上。

抬起頭，是聿那張面無表情的臉孔。

「這是剛剛推車買的，趁熱快點喝吧。」坐在旁邊的虞因微笑了下。

「對啊，還是要吃其他的東西？」李臨玥邊滑著手機，邊小聲地說道：「我包裡也有零食……」

「不用了，謝謝。」接過飲料，他婉拒了女性的好意。

「我們後面也有零食喔，眞的要吃就不用客氣。」聽見他們這邊在講話，後面的幾個同行者也跟著探頭冒出來。

一一謝絕好意後，東風又把自己塞回大衣裡。

應該說，他其實現在應該要把自己塞在家裡，但不知道爲什麼會在這輛火車裡面……這群人去旅遊到底干他屁事，他到現在還在思考自己答應那天搞不好腦子壞了，才會做出這種笨事。

這件事要從一個月前說起——

□

一個月前

「旅遊？」

接到聿的簡訊，難得出門一趟、大老遠跑到虞家的束風，翻著手上的合約資料，皺起眉頭，「這種天氣去什麼海邊……大致上就是圈起來這些條款有問題，你們要再和廠商談清楚，細節沒標示好很容易吃虧。」

「嗯？是喔？哪邊有問題……」中止了題外話，虞因認真專心轉回一開始拜託對方的事情上。

先前他們小組在製作畢展時與幾個材料廠商接洽，其中有一、兩位對他們的製作物品有些興趣，業務偶然間和主管聊起時引起了企劃幹部的注意，於是最近找上他們詳談。

其實這也不算稀奇，總之老師們也打聽過廠商在業界的風評，算是樂見其成地指導他們和廠商聯繫洽談，順利的話應該能在畢展作品完成後賣出權利。於是廠商擬來初步的草約資料讓小組的人先看過，再決定接下來的合作程序。

合約被複印出幾份，每個人都得帶回家研究，各自提出需求與意見，然後再進一步發展合作。

因爲搞不太懂這方面，虞因只好硬著頭皮去問聿，接著也不是很擅長的聿只好面無表情地打了簡訊給東風，後者在經過兩個小時左右就黑著臉出現在他們家大門口。

「其實你們問我學長會更清楚，不是嗎。」根本沒畢業的東風整整那疊紙張，大致上向虞因解釋過利害問題後便還給對方，「這是他擅長的，找他會比較準。離開學校後很多法規細項有再改過，有些我也不太確定，得再去翻翻看這幾年的差異。」雖然說可能依舊大同小異，但這種東西只要差一點點就會差很多，還是問當下執業的人比較不會有問題。畢竟在他決定放棄這些後，就已經很久沒再關心過變化了。

「啊，沒關係，老師也說會再幫我們看過，太感謝你了。」虞因一個下午被狠嗆半天，但也學到不少，他極度感激地看著對方，「說起來，黎大哥他們最近很忙，我大爸、二爸也是，不知道在忙什麼。」

這麼一說，東風才留意到最近黎子泓好像眞的比較少出現在他家門口，約莫是從前不久玖深的事情之後開始。

他思考了下，大致上可以猜到是在忙什麼，從那些人當時的言行舉止能推測出來，不過倒是有點意外虞因會不知道這些事，看來畢展讓他們各自忙碌多少也有影響。

從頭到尾都默默坐在一旁，事在結束後便站起身，天色也不早了，他先走進廚房準備三人的晚餐。

「對了，那你要不要一起去？」虞因打開手機，拉出存在裡面的資訊，很眞摯地邀請對方，「雖然主要是同學啦，不過沒有特別限制，李臨玥和阿關他們也會帶其他朋友，民宿是包下來的，網路評價還滿不錯。」

其實還有邀請一太和阿方，甚至也有詢問小海，但不曉得爲什麼他們都拒絕了。根據阿方的說法，似乎是一太另外有其他事情暫時不會離開。既然一太要留，阿方當然也就不會跟去；而小海則是寧願留下看她的絛杯杯。

所以同行的大致上就是李臨玥嘴上的酒肉朋友群了。

「……那票人上次包民宿時，據說發生了很倒楣的事情。」最近偶爾會用手機和玖深傳訊聊天的東風瞇起眼睛。

玖深雖然不到超八卦的程度，但還是會和他聊一些有的沒有的，扣掉工作上的專業對談，其餘共通話題還是在虞因這些人身上，以致東風越來越覺得這些人的受災程度簡直可以用掃把星每個禮拜都來巡禮形容。

「咳咳咳。」虞因有點尷尬，沒想到對方居然也聽過這件事，「應該沒這麼衰吧！」

「總之不去。」

其實也只是抱著試試的心發問，虞因倒不意外被拒絕。應該說，如果對方一口答應，他可能才眞的會嚇到……不過果然還是有點遺憾。

本來想說難得有段假期，可以大家一起出去走走，才不會老是蹲在家裡悶著。

抬起頭，有點遺憾的虞因猛地對上東風的視線，後者不知道爲什麼盯著自己看，然後嘖了聲轉開視線。

正想講點什麼時，放在一邊的手機突然響起來，大概兩、三聲後立刻被切斷。

「又來了。」虞因聳聳肩，拿過手機，上面果然是未顯示號碼的來電。

「怎麼？」見對方似乎很習慣了，東風皺起眉。

「最近一直有這種電話打來，都響兩、三聲就掛斷，有時候接起來是無聲電話。」

「持續多久了？」

「快一個月……放心啦，我有和大爸、二爸說，他們有請人幫忙查，只是發話來源似乎都是公共電話就是。」第一時間當然也知道這不正常，虞因早早就先「報警」了。

認識的員警告訴他有可能是單純惡作劇，之前曾受理過其他類似案件，找到最後才發現是原本這個號碼主人前女友的騷擾，前女友不知道對方換過電話，才會一直打給不相干的人。雖然是這樣說，不過他們還是會盡量找出是誰在亂打。

「嗯。」東風點點頭。既然已經有處理了，他就懶得多說什麼。

聿做的晚餐很簡單，他和虞因的是兩菜一湯，東風就直接給綠豆稀飯了。可能是楊德丞這陣子的努力真的見效，一開始本來幾乎都不太吃東西的東風最近也漸漸吃起部分飯菜，有時候給他少量的配菜也會盡量吃完，讓他們這群人有點感動加安慰，好像長期馴養什麼東西開始有成果了。

晚間又討論幾項該注意的合約條文後，東風就直接在虞家留宿一晚。

後來的事，大概就是從這個晚上開始的。

□

當夜兩點多，東風正半躺在床上翻看玖深寄來的資料時，聽見樓下傳來細微的聲響，他立刻起身，輕輕打開房門，避開記憶中走廊擺設的位置，摸黑往階梯踏。

那是某種東西移動的聲響，不曉得為什麼虞因和聿沒有聽見……可能是睡熟了吧。聲音並不大，走到一樓時，發現聲響其實是從外面傳來，應該在大門外的庭院裡，聽起來好像是盆栽或雜物……？

按開玄關燈，瞬間覺得有點刺眼，東風瞇起眼睛，習慣了亮度後才打開門內的鎖。聽說他們家以前曾發生不少事，所以後來更換過幾道鎖，其中一道是電子鎖；爲了讓他過夜時出入方便，虞因有告訴他密碼和備份鑰匙的位置。

推開大門，黑夜中亮起的感應燈照亮大半庭院，稍加環顧並沒看見可疑之處。應該說，在燈亮起的那瞬間聲音就停了，擺放盆栽的位置什麼也沒有，只有冷空氣不斷迎面而來，讓他打了個冷顫，不自覺拉緊外套。

不過，剛剛的確有什麼在移動。

看著庭院擺設，東風比對了下自己早些時候來看到的記憶，角落幾個不起眼的小盆栽的確被稍微移動了些許位置。

……他是知道這裡有時候會發生無法解釋的事情啦。

只是這不在他可以處理的範圍內，他也沒興趣管太多事情。

正打算轉頭回屋裡，東風才有點傻眼地發現，不知道什麼時候大門竟已經悄悄關上，而就站在門前的他居然完全沒有聽見任何聲響。看著門板，莫名有種不爽感浮現，如果那種玩意找人都如此沒禮貌，那他還眞佩服虞因可以長期和對方周旋。

東風抱著手臂，直接在一樣冰冷的台階前坐下，黑夜的空氣中傳來一絲淡淡的桂花香氣，味道就和聿晚間端出來的桂花果凍一樣甜膩；雖然他不太喜歡吃東西，但不可否認那個小孩的手藝眞的很好。

就像很久以前他去拜訪時，那個人也會……

「……」這種深夜實在會讓人想起很多事情。

假使那些死後依舊存在、徘徊於世界的東西不會離去，爲什麼他一次也感覺不到？

有些人說能夠感覺到那些掛念像生前一樣在身邊，有些人則能夠看到，但他連一次都沒有，就連作夢都只是重現以前的回憶，沒有任何道別，也沒有任何留給他的事物，走了就全部都帶走，一絲一毫都不會再感受到了。

有時候就是不解，難道眞的全部都是因爲他嗎？

一開始這樣想就很難停下來，即使理智告訴自己這只是心理作祟，還是很難擺脫這種負面迴圈；就算什麼都知道、什麼都懂，還是無法眞正讓自己徹底忘卻這些情感。

所以，過得很痛苦。

東風將頭埋在手臂裡，邊嫌惡自己又把記憶都翻搗出來的同時，也邊枕著冷風昏沉沉地打起瞌睡。

迷迷糊糊中，他似乎聽見細微的說話聲音。

也不知道過了多久，突然有人拍了拍他的肩膀，輕輕將他搖醒。

「怎麼會睡在這裡？」

黑夜中，被感應燈照亮的是虞佟的微笑，然後蹲低身解下溫暖的外套覆蓋在他身上，「忘記帶鑰匙了嗎？」

「……爲什麼你在監視自己的家？」

沒想到會聽見這句話，虞佟愣了愣，不過還是先扶著小孩站起身，拿出鑰匙打開門鎖，「進來再說吧。」

進屋後，虞佟仔細鎖好門扉、打開了客廳的燈，接著替兩人沖泡暖熱的可可後，和東風一前一後落坐在沙發上。

沙發被保養得很仔細，清潔得一塵不染，即使虞佟不在家，同樣會整理家務的聿也很認眞地接手這些工作，讓這個家無時無刻都讓人感覺很放鬆舒適。

這時候東風也清醒得差不多了，看看時間是三點多。

「實際狀況不能告訴你，只能說爲了確保安全，這是必要的動作。」虞佟仍然維持著不變的微笑，知道對方可以揣測出來，所以也不必扯其他的謊，老實地說道：「你們只要像平常一樣就好了，不用太在意。」

「這意思是，我住的地方也有？」東風皺起眉，反射性感到不快。

「時間不會太長。」看得出來對方很不爽，虞佟輕咳了聲，沒有否認。

「但也不會太短對吧。」早知道就不問，雖然可以猜到有必要性，但還是很不愉快。東風嘖了聲，「算了，快點把事情辦完快點把人撤走。」

「這是當然。」低頭確認時間，虞佟站起身，拍拍小孩的肩膀，「喝完早點上床睡覺，別再跑出去，最近晚上氣溫很低，對身體不好；就算要出門也要穿好外套，好好愛惜自己。」

見對方要離開的樣子，估計是中途被叫過來的，東風點點頭，正要解下外套時被阻止了，因爲見識過這票人堅持起來很煩，他也乾脆就繼續穿著，然後起身送人到玄關。在虞佟穿鞋了時，他突然想起另一件事情，「你們監視的人有進來過嗎？」

「前兩天阿因他們不在時，有請他們進來吃點東西，之後倒是沒有，怎麼了嗎？」直起身，虞佟疑惑地瞇起眼。

「可能是我想太多……不過既然你們在監視住所，虞因他們要去旅遊的事情怎麼辦？」

算起來，那群學生還不少，這種時候應該是不要到處亂跑會比較好吧？東風雖然不曉得虞佟為了什麼而不告訴虞因和聿兩兄弟這件事，但以安全為前提，應該要制止他們到處跑才對。

「前往外縣市或許反而比較好一點，但還是會有人員跟著你們去，這就麻煩你也幫忙留意一下了。」

「……我有說我要去嗎？」為什麼是要他留意？

「雖然有點失禮，但我覺得你會去。」虞佟勾起非常友善溫和的微笑。

不知道為什麼，東風只覺得那張人人稱讚的親切笑顏看起來非常刺目，而且讓人非常想往上面揮一拳。

一個月後，他就上賊船了。

□

現在

「噓，東風好像又睡了。」

看著包在大衣裡的人又開始打起瞌睡，虞因朝眼前女性友人豎了手指，那女人竟然拿手機拍人家的睡臉，眞是有夠壞心。雖然不曉得對方基於什麼理由破天荒來這趟，不過他還是滿高興的。

坐在一邊的聿拉了拉虞因的手臂。

虞因抬起頭，看見被李臨玥邀來的女生有點害羞地站在走道邊，似乎正想講什麼……

他是沒想到李臨玥這傢伙竟然邀了她之前口中的「優質女生」一起來，當然也邀了不少姊妹淘，男生群也大多帶了其他朋友，加一加都有二十幾個人，彼此不一定互相認識……與其說是同學旅遊，還不如說又一次被陷害來大型聯誼。

他就知道李臨玥當主辦的活動肯定很有問題，難怪會說盡量帶弟弟、帶朋友沒關係。

白了正在竊笑的壞女人一眼後，虞因只好禮貌性地轉向優質女生，「請問有事嗎？」

「這個要給你朋友。」女孩彎低身，有點不好意思地笑了笑，然後把手中的保溫瓶交給虞因，「我有倒出來喝過一點，不過是倒在杯子裡，所以可以放心喝，他看起來好像不是很舒服，等等醒了多少用一些會比較好。這是南瓜濃湯，空腹喝應該也沒關係。」

「啊，謝謝。」虞因收下對方的好意，連忙道謝，完成目的的女孩也笑笑地走回後方的座位，繼續翻閱自己還未看完的書本。回過頭時，他就看到李臨玥在那邊擠眉弄眼，差點一罐子往她頭上敲。

坐在窗邊的聿推了推他，接過保溫瓶暫時保管。

正想無視對面損友做點其他事，幾個人就聽見後半節車廂傳來細微的爭執聲，原本音量還算小，但幾句之後開始變大，除了他們之外，也逐漸驚擾到其他乘客，紛紛轉頭窺看是發生什麼事。

「……怎麼會沒有？我小朋友想要那怎麼辦！」

「真的很抱歉，但是您要的東西這班車並沒有賣……」

「誰管妳啊，現在是我小孩要，該怎麼辦啊！你們自己廣告說會在車上賣的，現在妳就要賣給我啊！」

彷彿跳針般的喊叫聲越來越大，乘客們也竊竊私語了起來。

「在幹嘛？」

聿收回視線，看見對座的東風也被吵醒，乾脆對他比了一串手勢，解釋有乘客不滿服勤員沒有變出東西給她買。

「我要投訴你們！怎麼服務這麼爛！態度這麼差！」留意到越來越多目光，原本便已不太高興的婦人更大吼了起來，剽悍地指著頻頻道歉的女服勤員，「妳是沒有受訓過啊！客人要的東西妳都不知道有沒有，妳這樣是要怎麼賠償我精神損失啊——」

「可以圍她嗎？」

阿關懶洋洋地從後方探出頭，直接趴在椅背上咬著鱈魚香絲，「奇樣子有點不爽。」

「那接下來你們旅遊目的地會直接改成警局吧。」東風嘖了聲，「你就這樣去說……」

聽完東風的話，虞因點點頭，直接起身靠近拉著服勤員的手不斷叫囂的婦人旁邊，在對方吼叫沒你的事時，低聲說了幾句話。

接著婦人往已經爬起來圍觀的學生們這邊看了幾眼，忿忿地甩開服勤員的手，一屁股坐回位子上，還非常不滿地咕噥低罵。

幫服勤員撿好掉落的物品後，虞因才返回座位。

「什麼話這麼好用啊？」看那女的一秒熄掉火焰，李臨玥很好奇地往虞因那邊湊——出發之前他們都知道不能過於騷擾東風，所以大家都很配合。

「喔，就說我們同學剛剛在拍妳，可能已經放到youtube上面了。」想到也覺得好笑，虞因無奈地搖搖頭。

「哈！」李臨玥不客氣地笑出聲，然後壓低音量，「其實我眞的放上去了。」她剛剛用她美美的貼鑽手機拍了好長一段，還連到自己的社群網頁，已經開始有人回應了。

「妳手腳會不會太快啊。」既然有這時間，幹嘛不先去制止啊。虞因直接賞對方一記白眼。

「這是一個講求效率的時代～」李臨玥聳聳肩膀，關上手機，「愛吵又怕人家拍。」

「別說了。」留意到那個婦人還在往他們這邊看，虞因並不打算製造第二次爭執——這邊充滿了暴躁的大學生，尤其還有阿關幾個哥們，起衝突並不是好事；畢竟阿關對那個年紀的人特別有敵意，想來多少和他家裡有關，所以能少一事就少一事吧。

「親我一下啊，總是要給封口費咩。」嘟起嘴巴用食指點點粉色的嘴唇，李臨玥很不客氣地騷擾對方。

直接把雜誌按到那張美臉上，虞因沒好氣地開口：「去親妳的模特兒吧！」

「唉呀，眞是完全不親切啊，還是小聿比較好，可愛還會煮菜。」李臨玥拿下雜誌，裝模作樣地哀幾聲，結果發現友人還眞的不理她，只好摸摸鼻子做自己的事情去。

結束了短暫的騰鬧，不知道爲什麼，虞因總覺得好像還是哪裡怪怪的，下意識回過頭看向剛才吵鬧婦人的位置。

然後他看見一隻手。

有隻無血色的手掌由後向前地按在婦女身後的椅子上。

眨眼同時，手掌突然就這樣平空消失了。

似乎完全沒有察覺任何異狀，婦人小聲地哄著坐在靠走道的小男孩，後者大約五、六歲，嘟著嘴巴，正在發脾氣的模樣，婦人低聲說的話越多，男孩越把頭往旁邊轉，就差沒把手捂在耳朵上。

那隻手掌就這樣出現在男孩位子的上方。

連忙站起身想要制止，不過已經晚了一步，手掌在他的視線內消失時，小男孩突然發出淒厲的慘叫聲，接著是足以把整節車廂的人都嚇醒的大鬧哭號聲，好幾個熟睡中的乘客都被驚得站起身。

「又怎麼了？」

已經有點想殺人的東風從外套下探出臉，凶狠地瞪向站起來的虞因。

「……不知道是什麼東西。」虞因仔細環顧車廂，再沒看見那隻手，也沒其他感覺，似乎一切都恢復正常，唯一麻煩的只剩小男孩止不住的哭鬧，而且還越演越烈，開始伴隨連續的尖叫聲。

「那個不知道是什麼東西的東西，難道不能把它們丟出去嗎。」東風覺得有點崩潰，再度後悔自己吃飽撐著。

虞因苦笑了下，也看見坐旁邊的聿摀住耳朵，臉色很難看地縮著身體。

「唉，續集。」李臨玥千百個不願意地拿出手機，鏡頭擦亮、對準已經開始在地上打滾的小男孩，以及跪在一旁哄小孩的母親。

幾名受不了的乘客終於找來服勤員，將那對母子換走位子。當然這做法引起了婦人極度的不滿與叫囂，怒斥服勤員把他們當次等客人對待什麼的……直到真的不少旅客都發出不滿抱怨聲、讓她知道引起眾怒後，才忿忿地提起行李帶著小孩隨服勤員離開。

之後列車內恢復平靜。

想想事情應該差不多告個段落了，懶得再去找其他麻煩的虞因接過聿遞給他的外套，也和其他人一樣，把握時間再度小小補眠。

火車就這樣一路直奔他們的目的地了。

短暫的車程過後，所有人抵達最終目的地。

「屁股好痛。」一邊揉著屁股，先下車的阿關順手幫後面的女生提下行李箱。

「才幾個小時已經算快了啦，誰教你屁股這麼爛。」幾個男生嘻嘻哈哈地邊幫忙拿，然後招呼所有人在月台上先集合，『等等我們去取租車，接著去民宿放行李，然後就各自帶開囉。』

阿關特別對虞因擠眉弄眼，嘿嘿嘿地說道：「弟弟們要不要和我們一起出去玩？民宿附近有柴魚博物館喔。」

「去你的。」虞因朝不懷好意的友人屁股踹上一腳。

「跟姊姊們也可以啊，不用都跟著阿因咩。」李臨玥笑咪咪地摸摸聿的頭，提議。

虞因知道有種動作就是把兩個人的腦袋按著用力撞在一起，他現在非常想朝兩名損友來上這麼一手。

「咳，總之先出車站去民宿吧。」感受到友人眼中的殺氣，身爲主辦人的李臨玥連忙轉向一群正在打鬧說笑的男男女女們喊道：「男士們，現在是展現你們強壯身軀的時間；女士們，現在是表現妳們溫柔體貼的時間，大家朝民宿出發！」

幾名女孩子直朝李臨玥拍打。

「我幫忙提吧。」看著一臉好像隨時會暴斃在路上的東風，虞因伸手想接過對方行李。

「不用了……欸！」正要拒絕時，東風原本擺在地上的背包直接被旁邊的聿一拽，頭也不回地就揹上肩，往剪票口去了。

「快點跟上吧。」覺得有點好笑的虞因很快地追上已經跑開一大段的聿。

看他們兩兄弟並肩之後不知道講了什麼，虞因就接過行李揹著，很快地一起出了票口。東風只好無言地拉拉外套，快步跟了上去。

出票口前，他很明顯感覺到有人朝著他們這邊看，回頭只看見一些同樣剛要出站的旅客、或是正在蓋票章的人們，並沒有發現是誰在注視著，想想應該就是虞佟那邊派過來的人吧……也眞是辛苦，接下來要跟上好幾天。

回過頭，他跟上了那批大學生。

□

「阿因他們順利到達了嗎？」

虞夏推門走進辦公室內，正好看見他哥把手機放下來的動作。

「剛到，正要往民宿去。」聽自家兒子電話那頭還滿熱鬧的，虞佟稍微放心些，「東風跟著應該可以幫忙前後照應，我有給他一些緊急聯絡電話，希望不要用上。」雖然認爲離開遠點會比較安全，但是他們還是做足了各種防範措施。

「嗯，其他人家裡也都安置好了。」將手上的資料交給早在辦公室裡的第二人，「你家也一樣，還有沒有什麼特別需要幫忙的？」

葉桓恩接過了印出的資料，稍微翻閱後，有點半開玩笑地說道：「大概就剩貓和狗吧，不過我想牠們應該也很有本事保護自己。」他家的貓啊，最近開始打獵奇怪的東西回來，附近的鄰居還向他稱讚有隻會抓老鼠的好貓——如果不要把老鼠擺在門口和狗籠前面的話就更好了。

有時候他眞的覺得貓在看他和狗的眼神，很像在看廢物一樣唉……

「可能要殺你的人還沒殺到，就先被貓活生生剝一層皮吧。」虞夏也很肯定雞肉乾的凶狠，那隻貓現在也把他家當自己的家一樣，好像他家是貓的第二座別墅，每次來他家都在高處用白眼看人間。

「……這麼說，上次虞夏警官手臂的傷果然不是錯覺嗎？」前不久葉桓恩回一趟原本所屬的分局，幾天回來後去領貓狗，瞄到虞夏挽起來的袖子下有幾條很眼熟的傷痕，有點想問但又不敢主動問，總覺得開口好像會有什麼可怕的事情發生。

「我有告訴過夏別和貓打架。」總之看到他弟和貓因爲細故打起來，虞佟實在不知該不該說這是丟臉的行爲，明明都已經一把年紀了，卻和小動物過不去。

也不過就是貓把他的便當吃光。

「寵物不可以不教！」竟然開他的背包偷便當，而且還會打開蓋子。虞夏無論如何都不覺得這是什麼小事，這根本已經是偷竊行爲了，怎麼可以讓一隻貓年紀輕輕就不學好！要是再大一點不就成精了！

身爲飼主的葉桓恩瞬間有各種抱歉，因爲那隻貓就是他養出來的，他還眞的沒什麼教，唯一安慰的是貓大小便會自己去廁所，比他還愛乾淨，而且愛乾淨的程度到了會把狗打去廁所不可亂上的地步。

「先說正事吧。」虞佟輕輕咳了聲，把重點放回原本的主題上，「你這次回去，預定的事情查清楚了嗎？」葉桓恩北上一趟明的是回去交辦一些之前職務的問題，實際上則是回去探查先前幾個懷疑處，以及和那邊的小隊聯繫合作剿點的事宜。

「有一些正在等回應。」這次回去，葉桓恩與自己的學弟聯絡上……那學弟和他們一樣，也是負責這案子的一員，他們小隊與檢察官所有相關人都被警告，不久前同樣收到一封信，信裡都是各自的家人和住處照片，因此有些人退出行動，其餘的就和他們這邊一樣暫時布置了保護人手。

虞佟等人也收到相關信件，就連去找嚴司時，也看到嚴司把他家的照片摺成紙飛機亂射。

他託請東風的那天晚上曾問過對方有沒有收到，不過男孩回答沒有，也不曉得是眞的沒有，或是那些暗地裡的人只針對檢警方面。總之，如果是眞的，那也好，反之……

因爲有各種壓力，黎子泓那邊也想盡辦法處理這些事，那些資料上的小據點用許多不同方式分時間一一擊破，盡量做得不著痕跡，人多讓人以爲只是被檢舉抓吵鬧、販毒、聚賭，有些分所也按照計畫，讓部分被捉的人可以關說離開，好讓他們繼續跟監釣魚。

看來到目前爲止，都還在預計之中。

希望可以撐到剿破大點的時候。

將手上的紙張放進身旁的碎紙機，葉桓恩按下了啓動鍵，「那就先這樣，等回傳消息後我會通知你們。」

「小心點。」

離開辦公室，虞夏轉進走廊，打算先忙其他事情，就看見小伍一臉愁雲慘霧地從角落鑽出來。

「老大……」

「去做你的工作，不要偷懶。」一個月前申請把小伍踹去別隊的虞夏快步向前走。

「沒工作了……我同期的說我跑太快，叫我不要超過他的進度。」巴巴地加快腳步跟在後頭，小伍覺得自己被甩出去得不明不白，就這樣突然被調動了，原本在跑的案子通通換掉，還不可以找他們交談。

「那就去舉報你同期偷懶。」竟然嫌別人跑太快！虞夏記下這件事，準備等等有空去看看是哪個同期如此好膽。

「呃，請忘了剛剛那句。」覺得自己好像害慘同期，小伍抹把冷汗，「老大，如果是之前那些相片的事情……」

「閉嘴！去工作！」

虞夏丟下話後轉進電梯裡，然後在對方跟進來時直接踹出去，附帶嚴正的警告：「做好你現在的事情就好了，別插手太多。」

「可是我——」

根本不給他講話的機會，小伍看著電梯門關閉，考慮著要不要跑樓梯下去繼續抗議，但依虞夏的個性應該會直接把他揹到牆壁上，只好像之前一樣先作罷。

其實他可以了解，如果真的是之前那些事，虞夏絕對是出於好意把他踹出去，光看他們現在的隊伍成員就知道了，都是固定班底……加新成員又不會怎樣，他也會很努力啊嗚嗚嗚……欺負菜鳥……

而且又不是做其他事情就會比較安全。

那個和自己差不多新的葉桓恩初來乍到都可以參加了，爲什麼唯獨踹他，眞不公平啊。

不過，哼哼哼哼，好歹他也跟在後頭跑那麼久了，多少知道虞夏的做事方式和管道，既然不給他參加，他自有自己的辦法。

反正他之前也看過不少相關資料，也不是只有這幾個人曉得這些事情。

「就是不讓你丟！」

2

我厭倦的是這個世界……

叫你們店長出來！

你們這個是什麼服務態度啊——

像你這種人怎麼好意思活在世界上？

我如果有你這種小孩，還不如叫他去死算了！

你——

尖銳惡毒的語言化成無法理解的聲音，像把利刃般直接穿透了耳膜，拉扯著劇痛切開了喉嚨無法發聲，最後刀鋒沒入胸口中，狠狠地扎在心臟上，一刀一刀來回切割著。

即使無任何仇恨，也能說得好像殺親仇人般；明顯的恨意、過度的惡意，如同最恨的仇人般，巴不得當場將之撕碎再撕碎，只爲了吐出那口怨恨。

但是在數分鐘前，明明就還只是陌生人。
在路上擦肩而過時，根本不會視線接觸，也不會有任何記憶的陌生人。
換過、再換過，然後一再重複。

□

「說起來，火車上的事情還眞讓人想到工作遇到的澳洲客人。」
取了預租的幾輛休旅車後，一行人浩浩蕩蕩地直奔民宿。
虞因所乘這輛車的司機邊跟著前面的車，邊開口聊了起來，「前不久在打工時遇到的那個才經典，一整份餐點吃到剩配菜了才說口味不合，硬要我們重新換一份，而且還眞的把第二份也吃光了，隨後還要經理賠個甜點補償他一開始吃到難吃的東西。」
「啊啊，我也遇過，阿因打工的地方應該比較少吧。」坐在後一排的同班同學拍了下虞因的肩膀。
「公司大哥大姊們會擋。」現在打工的地方是比較正規的公司，所以虞因倒是沒像其他在服務業的同學那麼倒楣，「不過偶爾也會有啦，找不到負責的人就亂發飆什麼……小聿之前也遇過吧，我記得大爸曾說過有個翻譯的委託，得寸進尺地要你附加什麼，後來退掉了吧？」即使是在家接工作，還是免不了會遇到各式各樣的怪客人，不過虞佟很留意這部分，眞的太奇怪的委託會立即退掉。

坐在一邊原本正在看窗外的東風點點頭，繼續看著外面的景色。

「眞好啊，我們店長有時候還會在那邊看笑話咧，被客人鬧個半天才叫我們去道歉。」

「是啊是啊，反正每次有事情都是工讀生先倒楣嘛。」

「有時候還有種錯覺，其實我們是那些奧客的仇人吧，連自己都不知道有沒有殺他全家。」

「對啊，眞的！」

開啓話題後，原本車上有些不相熟的人也都附和聊起天來，瞬間氣氛變得很熱絡，大家開始交換起自己打工遇過什麼光怪陸離的事情。

輾過路上的石頭，車子一顚簸，虞因留意到坐在另一邊的東風沒有補眠，似乎也在聽其他人的聊天內容。

「你遇過嗎？」

虞因壓低聲音，有點半好奇地問道。

東風斜了他一眼，什麼話也沒說。

總覺得對方的表情很像是在表達「你們就是」這種意思，虞因很有自知之明地沒再繼續找話搭。

很快地，車程在走錯路一次小繞圈後，終於來到他們落腳的民宿。

秉持著都來到花東一定要看海的精神，李臨玥包下的當然是鄰海民宿，幾棟單層矮屋不但有個很大的庭院可以晚上烤肉聚餐，民宿主人還給他們很美好的價格，加上環境清幽，一群人到達後，原本還有些抱怨偏僻的人也都轉爲稱讚了。

「先去海邊走走。」

扔下行李，第一時間不是整理安頓，大群人直奔近在旁側的七星潭，就連原本只想窩在房間裡爛死幾天的東風想了想，也跟著走出去。

因爲時節的關係，來海邊還太冷，出發前準備時還不少人抱怨，但一行人在看見海岸後都把怨言忘得差不多了。踩上遍布石頭的海灘，幾個人踢掉拖鞋開始又叫又跳地亂跑亂竄，很開心地玩耍起來。

東風拉緊外套就蹲在岸邊，看著冰冷的海水一次次打在自己腳上，感到刺骨寒意的同時，也覺得那些跟著浪潮翻滾起來的小石頭打在肉上還真不是一般的痛。

帶著些許濕黏的海風吹過來，更增冷意。

即使如此，低頭看著無數圓潤小石頭時，還是給人很舒服放鬆的感覺。

「小心點，這裡深淺落差很大，不要蹲太出去。」虞因和聿站在一邊拉筋骨，不忘交代著。

「知道。」正想回應點什麼，東風就發現有人走到他們旁邊，那個笑起來有點溫柔靦腆的女孩子靠近他們。在出發之前李臨玥為大家介紹過，她叫作孟品思，李臨玥先前一直想撮合給虞因，不過後者遲遲沒搭上線……應該說搭了也沒約，就一直拖到這次出來一起玩才有個初步認識。

「這個給你，不然太冷了，很容易感冒。」女孩拿出幾個暖暖包，彎下身，細心地放進東風兩側的口袋裡，「阿因和小聿要嗎？我帶很多出來，怕大家看到海會玩過頭著涼。」說著，她從隨身小包包裡拿出幾小包。

「我不用。」虞因笑笑地回答，一旁的聿也搖搖頭，再度把視線放回大片海面上。

「嗯，有需要再跟我拿囉。」短暫的談話結束後，女孩就被姊妹淘拉走了。

看著同學們玩成一圈，虞因好笑地搖搖頭，然後稍微拉起外套拉鍊——果然真的會冷，雖然海邊很好，但是他也開始冷起來了。

正想叫聿和東風先回去比較不會著涼時，他猛地看到一團頭髮隨著浪潮打在自己腳上，完全無預警就被糾纏在其中的蒼白臉孔給嚇得不輕。

那是張女性的面孔，大部分已經腐爛或是被海中生物啃噬了，參雜各種雜物、雜草的打結頭髮甚至捲進了破爛穿孔的口腔裡，海水正從空蕩蕩的眼眶裡流出來，另一隻仍在的眼睛正對著他直勾勾地看。

下一秒，頭髮與面孔直接消失在空氣中。

「怎麼了？」發現虞因往後跳開的動靜，東風站起身，和聿一起轉向對方。

「差點心臟病發。」雖然海邊很舒服，不過虞因也沒忘記海邊不少那種東西，以前沒看得這麼清楚所以還好，但是剛剛被來那一下真嚇得不輕，幸好沒被嚇出魂。

過於清晰真不是好事，就算有心理準備還是難免中槍。

聿瞇起眼睛，指向他的腳踝處，那裡有幾根細長的頭髮，就貼著腳踝的地方繞了幾圈。

「……」很冷靜地拉掉髮絲，虞因讓海水沖走那些東西。

「我先回民宿。」看來這種類型的人連出去玩也要謹慎選地點……東風一邊如此想著，一邊提起鞋子往回走。既然在附近又那麼多人，應該不會有事。

「啊對了，待會兒隔壁的漁場會起網，大家說要去那邊看看順便買一些晚上烤肉用的東西，你有興趣也一起過去啊。」還沒打算回去的虞因放大聲音告訴對方：「你應該沒看過吧？這裡定置漁場一天會起網兩次，早上也有喔。」

「知道了。」東風揮揮手，邊聽著海浪聲，邊直接晃回民宿。

目送對方確實走了回去，虞因才收回視線，正好看見身旁的聿盯著自己，「怎麼？」

聿搖搖頭，彎下腰，撿起石頭往海裡拋。

冰冷的波浪吞噬了小圓石，掀起的海潮再度捲起更多細碎的石子覆上他們的雙足。

「不可以撿。」

在颳起的海水聲中聽見聿的低語，虞因才發現不遠處阿關那邊有兩、三個人撿石頭想放到口袋裡，「喂，不要撿回去！」朝著那邊喊了聲，幾個大學生聳聳肩，一臉莫名，「再撿下去就沒石頭了啦！撿回去幹嘛！放回去放回去，拍照就好了。愛撿就去撿垃圾啊你們！」

阿關笑哈哈地朝他比了記中指，不過幾個人還是把身上的石頭都丟回海裡，順便招呼更遠的其他朋友放回去，一群人瘋瘋癲癲的還真的開始在那邊比誰撿到的垃圾比較大，傳來各式各樣哄笑聲。

站在另一邊的孟品思微微朝他露出微笑。

「好感度好像有升高喔。」不知道從哪冒出來的李臨玥直接從後面抱住聿的肩膀，曖昧地朝虞因直笑，「其實小思最近家裡也滿多事情的，我才硬要她出來走走轉換心情，否則前陣子每次看到她都不會笑，眞是……」

「怎麼了嗎？」的確稍微有感覺到對方好像不如其他人那麼開心，看海也是站比較後方在看，並沒有完全混進去打鬧玩樂。

「就～她其中一個弟弟在餐飲店打工自己賺學費，之前遇到個奧客不斷要求他們提供額外服務啥的，到最後還怒罵幾個女員工服務爛，弟弟看不過去想和對方講理，結果一時口快就罵了一句『不要這麼盧好不好』，好死不死對方朋友把他拍下來，後來又報警告他。」李臨玥頓了頓，繼續說道：「談和解時對方還要她弟下跪道歉外加索賠什麼的，偏偏他家老闆又很怕事，要她弟自掏腰包花錢送禮，眞沒道理。」

「……也太過分。」雖然這樣講，不過虞因也覺得這種事情好像越來越多了，太多人濫用店家不想生事的心態和過度主張自我主義，只要不順自己的意就都是別人的錯，難怪紛爭只多不少。

「後來弟弟就辭職啦，現在還在處理那些事情。」李臨玥也覺得對方眞的很盧，糾纏到現在死咬著不放也算不簡單了。

「要不問問看黎大哥或我人爸、二爸可不可以介紹認識的人幫忙？」

「我也是這樣想的，不過小思說盡量不想麻煩別人，如果不行再找你們幫忙吧。」其實之前也講過類似的話，李臨玥聳聳肩，「先幫她說謝啦。」

「三八。」虞因勾起唇。

李臨玥收回手，綻出美麗的笑容，在對方肩膀上拍了一記，「出來玩就放寬心好好玩吧，大家挺你。」

「嗯，妳告訴其他人不要玩得太瘋了，小心安全。」

看著不斷拍打浪潮的不平穩海面，虞因看見的是從那裡伸出蒼白的手臂，往他們的方向輕輕地一招、一招，最後無聲地沉入海水中。

「安啦，不小心的人淹掉也算了。」

雖然這樣說，不過李臨玥在同伴身邊走時，還是不忘多吆喝大家要注意。

「我們也過去看看吧。」

□

傍晚時，東風被外面的喧鬧聲吵醒。

他們被分配到的房間是淡淡的暖色系，柔軟舒適的床與調整適當的鵝黃色燈光，讓他一回房就直接朝床鋪一躺，瞬間失去意識。

睡眼迷濛地打了個哈欠，東風看見櫃子上的時鐘指著晚間的時刻，推算自己差不多睡了幾個小時，錯過魚場起網。

往窗外一看，民宿的庭院裡已經搭起幾座烤肉架，幾名男女圍在一起研究要拿上去烤的各種生鮮食材……應該是在他睡覺的這段時間有些人開車又跑出去買了不少東西回來，地上也可以看見一箱箱的食物飲料；人群中還可以看見被包圍在中心的聿，正在認眞地教其他不擅長廚藝的人怎樣處理。

不過沒有看見虞因，走出去隨便抓個人一問，才知道對方幫忙弄好架子後又去海邊了。

看聿很忙，也就沒有叫對方，披件外套後他就直接繞過人群走出去，轉個彎後遠遠就看見虞因穿著駝色大外套的背影就在海岸邊。

走到這邊海浪聲已經不小，喊人對方也不一定聽得見，他只好繼續向前走。

「你在幹嘛？」天色開始轉爲濃沉的顏色，東風慢慢靠近後，才發現對方手上拿著小小的紙船。

「該怎麼說呢……」虞因把玩著手上的小船，看著逐漸染成深色的海面，也不知該如何向對方形容他現在看到的畫面。

「我看了不少超自然相關的書，你可以直說。」雖然不太有興趣，但遇到這票人後，東風還是撥時間找了點資訊來看，以備不時之需。

眼前的畫面——黑色的海水裡有許多東西隔著水沉在底部看著他們，白天還沒這麼多，但隱約開始聚集起來，大多還是在水底，有些手臂穿出水面輕輕搖晃招引著，水下的黯淡視線緊緊盯著岸上。

感覺不出惡意，但也沒有絲毫善意。

一縷縷浮著的髮絲密密麻麻纏繞著，被海浪不斷打翻出來，逐漸轉黑的空氣中就像有千百條細絲水蟲般不斷扭動。

「那你還站在這裡幹嘛？」東風聽完簡略的描述，覺得這很像是農曆七月要找替身的場景，應該有多遠就要離多遠。

「我問了方苡薰他們……就另外兩位朋友，想說試看看。」其實也知道不該站在這裡，不過虞因也不認為可以放任這些東西聚集過來，大部分肯定不是原本就在這裡、而是從別處漂過來的。

皺起眉，也不知道他要幹嘛，總之東風就站在一邊看，看著虞因蹲下身，小心地從口袋找出盒不曉得哪來的火柴，擦亮後按在紙船上，就這樣把瞬間被海風吹熄火的船連著火柴棒一起放進浪潮中。

說也奇怪，那艘紙船馬上被捲入沉下海中，接著黑色的水裡突然亮起了小小的光點，東風幾乎以爲自己看錯了，下一秒，光點消失於黑暗裡，連著船隨著海浪完全消失。

「好像還是要點燃比較好。」虞因歪著頭，打量著在黑色裡逐漸遠去的光。方苡薰教他的是要點燃再放，就不知道熄掉有什麼影響了。

「……」東風揉揉眼睛，沉默。

「先這樣啦，回去幫忙弄晚餐吧，出來混太久會被其他人掐死。」虞因按著東風，不著痕跡地把人一轉，避開隨著第二波浪打上來的腐爛手掌，直接往民宿方向移動。「阿關他們買了很多海鮮回來，之前我們也預訂了烤肉套餐，多少吃一點吧！這邊晚上看星星很漂亮喔，可以一邊吃一邊看，你那麼少出門，應該也很少有機會這樣看。」

雖然很想拒絕，不過東風還是把話給吞回去。

民宿庭院的氣氛很熱絡，每個人都很開心，在這種時候似乎不太應該破壞他們的快樂，因爲他們還能這麼快樂……

回去之後果然被一堆人拱說他們跑去偷懶，李臨玥還超凶狠地逼虞因去挑魚刺練眼力，後來才被正在幫忙的女生們笑著趕開。

雖然夜晚還是很冷，不過在烤網上開始飄香後，東風覺得氣溫似乎升高了不少。

握著手上帶有溫度的杯子，他抬起頭，果然看見了夜幕上轉出了淡亮閃爍的星子，在這種光害較少的地方，不斷地招朋引伴現身而來。

如果不是這麼吵，他很樂意就這樣待著。

和他一樣不喜歡人群的聿在食材使用都上軌道後，避開了一些想拉著他去聊天嬉鬧的人，就端著盤子靠到他旁邊的空位，靜靜地撕開熱呼呼的吐司夾肉。

原本以為對方只是來吃，所以東風沒預料到聿居然把一半的吐司肉片遞到他面前，「一點點。」

「一點點我也不想吃。」烤肉香同樣讓他感到反胃作噁，這陣子雖然有吃東西但幾乎都很清淡，沒有這麼重口味。東風瞇起眼睛，偏開頭。

並沒有受挫的聿低下頭，小心翼翼地再把一半撕開，「少少一點。」

「……」瞪著四分之一的食物，東風完全沒意願接。

再度撕開一半，聿很認眞地開口：「不吃用塞。」這句是從虞夏那邊學來的。

「……」

端著一盤海鮮走過來，虞因看見的正好就是東風小口小口吃東西、然後聿在監視對方的畫面。看著覺得有點好笑，所以他咳了聲掩飾掉笑意，在這張離大夥兒最遠的桌子坐下來，「多吃點，這裡還有其他的。」

東風丟了一記少開玩笑的白眼過去，擦乾淨手，頭也不回地轉身就回房間。

「有吃總比沒吃好。」虞因聳聳肩，下了結論。眞是可惜對方不喜歡吃東西，否則今晚準備的食物實在很豐盛，他都不知道那票傢伙從哪弄來這麼多，海產魚類都很新鮮，很多還是今天直接在漁場買來，幾乎是現撈現吃了。

「嗯。」聿不否認，然後摸走了盤子上的烤蝦。

吃飽後幾個人帶著手電筒，很幼稚地跑出去亂鑽探險。部分人則帶了一些啤酒約了去海邊看星星。

看兩個小的都沒意願再出門，虞因就和李臨玥幾個人去市區逛逛，順便買一些有名的小吃零食。

回來後輪流洗澡，因爲是三人房，房間裡準備的是一大床一小床，還貼心地有張漂亮的屏風可以隔在中間，東風二話不說直接把屏風唰地聲打開，楚河漢界般地隔在兩張床中間。

說不動對方來吃個棺財板，虞因只好和聿一起解決了宵夜。

與其他鬧哄哄的房間不同，他們算是最早熄燈的一間。

那晚就這樣過去了。

當時，還覺得很和平……

□

眞的如此嗎？

虞因被搖醒時，房間內很幽暗，只點亮了一盞床頭燈。

就寢前睡在隔壁的聿收回手，微微皺起眉。

「怎麼了？」虞因按著頭坐起身，才發現自己全身都是冷汗，感覺就是作了惡夢，但腦袋很昏沉、甚至有點暈眩疼痛、亂哄哄一片，無法立刻整理起所有記憶。

聿豎起手指，看了眼屏風，睡在另一邊的人似乎沒有被吵醒。

大致上可以猜到是什麼事情，估計作惡夢作到把旁邊的聿給吵醒了，虞因有點抱歉地向對方合了下雙手，然後接過溫熱的水杯。

聿按了手機，告訴對方起碼已經搖了他快半個小時，只是他睡得太沉，正想要用其他方法把人弄醒時，他就突然自己睜開眼睛清醒。

時間是清晨三點十分。

喝完開水，虞因拍拍聿的頭讓他再回去睡一下，自己則想去上個廁所。

邊打著哈欠邊踏下地面，幾乎就在那瞬間感覺到不對勁，原本鋪著柔軟地毯的木造地板上出現了一絲一絲的觸感，一踩下去立刻就能敏感地發現。虞因低下頭，移開腳，看見沾黏在腳底板的幾根頭髮。

米白色的地毯上同樣有著彎彎曲曲的髮絲，數量並不多，長度不是他和聿會有的，甚至比東風的頭髮還要長一些。他想東風應該不可能心情那麼好，半夜跑到他們床前拔頭髮……好吧就算會拔，這種量應該也會拔出個禿塊來了。

留意到他的動作，本來已經躺回去的聿再度爬起身靠到床邊，看著地上不算多但也顯眼到會引起注意的髮絲。

「……」

「這沒稍微打掃一下，我覺得民宿主人應該以後就不想借我們住了。」虞因覺得自己真是越來越淡定。

他就知道沒那麼容易解決！

虞因摀著臉，決定還是先去廁所好了。

從廁所出來時，就著黯淡的光線可以看見聿已經蒙著被子重新回到睡夢中。

打了個哈欠，虞因也打算再睡一下，卻突然感到某種視線，僅剩殘存的睡意也在同時飛散消失——他看見微微掀開一角的窗簾後，窗戶玻璃外按著一隻蒼白的手掌。雖然光線不足，但仍非常清楚，從大小判斷可以推測出是男性，和他在火車上看到的有點類似。

似乎知道被發現了，那隻手掌就這樣沿著玻璃慢慢下滑，皮膚與玻璃表面摩擦時發出了細微又奇異的聲響，最後消失在窗台下。

快步走去打開窗戶，正對房間的大庭院在深夜中捲起了一陣冷風，但什麼也沒有，只有擺放在外面的桌椅涼傘在風中碰撞出咯咯的聲音。

嘆了口氣，正要關起窗戶時，虞因猛地看見窗台下有張仰起的臉正對著他。

呵。

勾起的嘴唇血紅到幾乎流出血液。

在那瞬間，他猛然驚醒。

「！」

用力睜開眼睛，虞因馬上理解到剛才所有事情都是夢境，但是太過於眞實。掀開棉被，他看見房間裡的時鐘正正好指著清晨三點十分，也顧不得會不會吵醒睡在旁邊的聿，立刻翻下床，唰地聲拉開淡綠色窗簾，隔著鐵窗看見了偌大的庭院。

黑夜中，庭院裡什麼也沒有，收置在牆邊的防陽傘一角被風吹得微微搧動。

「怎麼了？」

回過頭，被吵醒的東風和聿揉著眼睛，各自踏下床鋪。

低頭，窗台下除了盆栽與造景外什麼也沒有，房間裡的地毯上乾淨得就像下午剛入住時一樣，一塵不染。

「……沒事，大概是我神經過敏。」虞因搖搖頭，鬆了口氣，抹去冷汗。

「確定沒事嗎？」東風瞇起眼睛，有點不相信。

一旁的聿倒來了溫熱的開水，遞給對方。

接過溫暖的杯子，正打算先道歉時，虞因突然瞄見他們剛剛睡過的床，床上棉被像是被整理過般整張攤平，只在右側、也就是他今晚睡的地方隆起了一個鼓包。

順著他的視線看去，聿也瞪大眼睛。

看聿的反應就知道剛剛床上的棉被一定不是這個模樣，而住在這間房的三個人都在這裡了……

東風快步走過去，拽住被再直接掀開，床鋪上什麼也沒有。

「還在裡面嗎？」大半夜被吵醒，原本心情已經不是很好了，現在東風只感覺到某種讓人很討厭的惡作劇，語氣變得更差。

「我不確定。」還眞的無法確定，虞因什麼也看不到，也不曉得是眞的跑掉了，還是對方存心不讓他看見。

「裝神弄鬼！」打開了房間裡的主燈，東風稍微巡視一圈，沒找到什麼異狀，大部分物品擺放位置與他睡前的記憶相同。

「呃，其實差不多就那東西……」眞要說，那玩意本身就是了，所以不用裝。雖然是這樣想，不過虞因還滿愧疚的，不知道什麼原因突然冒出來，還驚擾到另外兩人，難怪東風會不太高興。

「跟你無關，不要露出那種又是自己錯的表情。」東風皺起眉，看了眼時間，「既然沒在裡面，就再去睡一下吧。」看不出其他端倪，也不用把時間耗上去。

「不然你們睡……」

「都去睡。」拉走小屏風，東風把自己那張小床推過去靠好，「那誰誰不是有給你們護身符，兩個都戴著睡覺。」

很聽話的聿立刻從行李裡拉出護身符，不由分說地套到虞因脖子上，然後把人推回床鋪。

戴上護身符後，的確感覺周遭好像比較安靜了，虞因也就不好再講什麼，從善如流地鑽回棉被裡，很快地睡意重新席捲而來。

等了半晌，確認虞因睡著後，聿才小心翼翼地爬起身。

你有底嗎？

坐在另一邊的東風直接朝他無聲地打了手勢。

聿思考了半晌，搖搖頭，他這陣子並沒有發現同屋簷下的人有什麼異常，應該說到出發之前都還很正常地和李臨玥他們在趕作品，所以他也把這個結論用手語回應給對方。

這麼推論起來，很可能是在火車上、或是海邊發生的了，和本來的生活圈並沒有關係。

火車上倒還好，海邊的範圍就太大，東風沒忘記虞因形容給他聽的畫面，不用想也知道會有多麻煩，誰曉得經年累月下來會有多少個枉死的傢伙泡在海裡，或是跟著海水游過來。

總之，明天再查看看有什麼相關的吧。

想想，也還沒個頭緒，東風打算先休息了，養好精神，等到天亮後要做什麼才有個方向下手。

和聿稍微討論了下明天的事後，兩人便各自鑽回棉被裡，拉熄床頭燈，沉沉睡去。

等到兩個小的熟睡後，其實並沒有真正睡著的虞因才悄悄睜開眼睛。

他就知道他們會擔心。

本來想偷聽兩隻小的會討論什麼，結果竟然是看不懂的手語！瞄了半天完全無法理解他們在交換什麼意見，這根本是異度空間的溝通方式吧！

……算了，只好等明天再說了。

越過熟睡的聿，虞因看著無風的室內，原本已拉回去的窗簾輕輕晃動著，掀起了一小角。

自外按著窗玻璃的蒼白手掌輕輕滑下，發出了細微的聲音。

然後窗簾覆蓋回去。

一切歸於寂靜。

3

翌日一早，天都還沒亮就聽見阿關他們已經醒了。

明明昨晚睡前還鬧得很晚，房間比較偏遠的虞因等人到一、兩點時還能聽見玩耍聲，以為他們會睡晚一點，結果不到七點就聽見有人在庭院裡蹦蹦跳跳、擾人清靜。

「很吵耶！」

隔壁的李臨玥直接從窗口拿運動鞋扔外面的吵鬧者，不過自己也因為大動作徹底清醒。

也差不多是在那個時間醒來的虞因打了個哈欠，發現聿已經坐在窗台邊看平板，另一邊的東風則是還在睡，而且完全沒有想醒的跡象。

沒記錯的話，今天這票人原定行程要去太魯閣，小巴士已經預約好了，也難怪有人會這麼早就跳起來。他也訂了和聿的兩人車位，東風則是不意外地拒絕隨團體到處跑，昨天抵達時的最後追加機會也沒有報名，看來是要留著繼續睡了。

還記掛著昨天半夜的事，虞因再度稍微巡視過房間，並沒有發現任何異狀，大概是後來沒發生其他事情……如果他們出去的話，應該不會騷擾東風才對，這麼想著就比較放心讓他自己留著。另外阿關和李臨玥那邊也有幾個朋友沒參加，再請他們幫忙注意就好。

不過說也奇怪，這個房間明明沒有那種陰陰的感覺，剛入住時還滿舒適的，搞不好真的是從外面來的……應該不會長留此地吧！晚一點再問問方苡薰他們，如果真的就留在這邊不走，他只能向民宿主人切腹謝罪了！

虞因邊不安地這樣想著，邊盥洗做準備，出浴室時正好看見聿從外面提了早餐進來，是民宿主人送來給大家的早餐，袋子上還印著附近早餐店的圖案，雖算不上極度精緻美味，但也很可口。

虞因出發前還特地把悶頭大睡的東風搖醒，問他要不要一起去，結果得到怒罵一聲，只好多吩咐幾句要他自己小心，然後把留在這邊的其他人電話都告知對方，才和聿離開房間。

「……」

聽著整群人吵吵鬧鬧的聲音逐漸遠去後，東風緩慢地睜開眼睛。

掀開溫暖的棉被，低溫引起身體本能的哆嗦讓他拉來床頭櫃上的外套，接著踏下床鋪，冷冷盯著隔壁的大床。

大清早在虞因還沒醒、那些白目大學生還沒鬼吼鬼叫前，聿就先清醒了；巡視了房間後，發現與昨晚不同的地方，然後輕輕地叫醒他，一起掩蓋變動。

虞因醒來時，並沒有發現地毯曾移動過。

拉開柔軟的地毯，出現在底下的赫然是些許細長鬈曲的髮絲。數量並不多，但也不少到足以引起注意。聿一大早就在地毯上發現這些東西，兩個人趁天還沒亮就趕緊把髮絲都給藏到地毯下，完全沒有聲張。

仔細辨認髮絲，東風發現長度、顏色都很相近，看起來應該是同一個人所有，有幾根還沾黏著細小的黑色不明物體。

翻了翻所有人的行李，最後在聿的包包裡找到夾鏈袋，大概是預定想放食物什麼的，他就不客氣抽出來裝頭髮了。

完成手上工作後，東風打開窗戶，看見兩、三個青年坐在外頭吃零食聊天滑手機，其中一個叫向振榮，是阿關校外的好友，稍大他們幾歲。聽說是之前在車隊裡認識的，人滿豪爽大方，經常在夜遊時買些東西請人家吃，也會照顧比較年輕的小孩，夜遊幾次之後和阿關變得談得來，一提到要團體聯誼旅遊時，對方表現出很有興趣的樣子，阿關就直接邀請了。

「振榮哥，可以請你幫忙嗎？」

□

「虞同學，可以請你幫個忙嗎？」

回過頭，正踏在步道拍山景的虞因看見孟品思離開了女孩群，往他這邊走過來，微笑地向他開口：「很抱歉，這種事情實在是有點不好意思開口……」

收下相機，虞因想了想，大概是她弟弟的事情。「沒關係啊，儘管說，可以幫忙的就大家互相。」

「是這樣的……」

孟品思正要開口說明事情之際，原本還算平和寧靜的山中觀光景點突然爆出非常突兀的怒罵聲，不是他們這一邊，而是另一群觀光客發出來的。

跟著幾個同學看過去，虞因突然有點體會到什麼叫冤家路窄——雖然也算常常體會啦，但每次碰到都覺得命運的巧合實在很奇妙。

正在步道另一端咆哮的，正正好就是昨天他們在火車上見到的婦人，不知道爲什麼和導遊起了爭執，現在大吼著說要向所屬公司投訴，還要檢舉他們什麼的……同團的其他遊客一臉尷尬，幾個人好言打圓場似乎都沒用。

「好像是她想要司機多繞一些景點，被導遊果斷拒絕，現在正在大鬧呢。」不知道從哪裡冒出來的李臨玥嘖嘖看著騷動越來越大的那團，思考要不要再拍個第三集。

本來在較遠處看風景的聿快步跑過來，有點疑惑。

「別管她了，那種人……」本來想說會有其他人制止，想再轉回話題，但就在那瞬間，虞因突然看見婦人身後浮出一層淡淡黑影，幾乎是人的輪廓，可是卻沒有具體樣貌，如同霧般模糊淡黑，接著從那裡伸出一隻蒼白的手——

「小心！快閃邊！」

在虞因喊出來的同時，較靠近的阿關等人反射性地把那一帶的遊客拉開來，混亂中那名婦人也被撞開，避開了那隻白色手掌。

下一秒，某種聲音從眾人上方響起，幾秒之後，棒球大的落石從上方直接飛墜下來，不偏不倚就打在婦人剛剛站立的位置。

婦人臉色當場刷白，錯愕地看著那塊石頭，不知道若是沒有避開，打在自己頭上會變成什麼樣子，立時沒了剛才的氣焰。

另一端也鬆了口氣的虞因皺起眉，那隻手掌眨眼間已連同黑影整個消失了，但剛剛的惡意太過明顯，根本完全衝著那人而來。

緩過神後，婦人的視線與出聲提醒的虞因相對，她喘口氣，發出淡淡的冷哼一聲，什麼也沒說，就邊罵著這裡太危險之類的話，轉身去找同行的小男孩了。

虞因聳聳肩，心裡也覺得應該不會有什麼感謝之類的，正要回過頭時，感覺到有人朝著他這裡惡狠狠一瞪，猛地看去，只看到一整片壯闊山景，其他什麼也沒有。

「……」

有時候眞的不是自己想惹事。

默默在心中嘆了口氣，虞因回過頭，無視那邊被落石驚嚇的騷動遊客群，看向了一旁有點驚愕的孟品思，「不管她，妳有什麼事須要幫忙的？」

「就、就……我也不知道詳細該怎麼講起。」被猛一問有點結結巴巴，稍微停頓了幾秒平復心情後，孟品思才再度開口：「臨玥有和你說過我弟弟的事吧……」

「喔，這方面的話，我可以問問看我爸和幾個朋友，他們應該可以幫得上忙……」

「不、不，這個我們自己處理就好了。是這樣的，我弟弟其實平常有上網聊天和打電動的習慣，那次事情後，他好像和很多網路上的朋友抱怨幾次。但最近突然有個網友問他『那你想解決那個人嗎？』……我弟本來還以爲對方在說笑，結果對方又表示說不會沾他的手，當作是順手什麼的；只要我弟說一聲他就會幫忙，我弟弟才覺得事情不太對勁。」孟品思很擔心這件事，才想找個人看看應該怎麼處理，「臨玥說你家人是警察，所以才想託你問問……」

「……妳知道那個網友用什麼名字嗎？」怎麼總覺得這個說法好像在哪裡聽過？

「B.B.Q，應該沒錯，因爲很好記……怎麼了嗎？」注意到虞因在聽見名字那秒臉色稍微變了變，孟品思也跟著錯愕，不曉得自己是不是哪裡講錯話。

「沒事，小事。」看了旁邊的聿一眼，對方點點頭，拿起手機逕自走去按簡訊。虞因才再開口詢問：「妳知道他們是在哪裡聊天嗎？」

「咦？這我就不太確定……我問問看我弟。」孟品思不知道有什麼問題，連忙傳訊息回去給家裡的弟弟。

很快地，對方答覆過來，附上了聊天室網址。

讓聿把網址發回去後，虞因想了想，告訴開始有些不安的孟品思：「沒事，我之前曾聽我爸他們說過最近網路上有些騙人的，有個暱稱就類似妳弟弟遇到的這個，想說還是先通知他們一下，也有可能不是啦；總之妳就叫妳弟小心點，不要隨便答應對方事情。」

「好的，謝謝。」

看著孟品思邊按手機邊離開的背影，從頭到尾沒出聲音的李臨玥確定對方走夠遠後，才用手肘推推旁邊的友人，低聲問道：「說實話，是不是刑案的？」她太了解虞因變臉和馬上通知家裡代表的含意。

「不確定，但最好小心點。」上次的案子並沒有對外界透露B.B.Q這個暱稱，虞夏那邊的長官是用另一個代號發布給媒體，以免打草驚蛇。只是虞因沒想到那傢伙在警方持續追蹤的情況下，竟然還用相同暱稱繼續出現。

雖然很可惡，但好像又不意外。

過了半晌，和中部聯繫告一段落的聿走回來，把手機訊息遞給虞因看。

上面有個發怒的小圖案，以及「別亂來，我們會處理」這樣的一行字。

說亂來……虞因自己是完全不想再對上蘇彰那種人啦，既然他現在都出來外面玩了，當然也管不了遠在那邊的事情。

「就先這樣吧。」

□

一行人回到民宿時已經是接近傍晚的時間。

才踏進庭院，虞因就看見不喜歡接近人的東風竟然在庭院和向振榮聊天，而且顯然已經聊了好半晌，讓他一時以為自己看錯人，其實那是另一個和東風長得很像的同學吧！

「你們在幹嘛啊？怎麼突然變那麼好？」

沒想那麼多的阿關甩著手上帶回來的蚵仔煎和蔥油餅，一屁股在旁邊坐下來，很不客氣地攤開了他們這些好朋友帶回來的紀念食物。

向振榮笑了笑，「沒啊，就隨便聊，沒想到阿因的朋友懂滿多的，剛剛在講改車和搭配零件。」

用狐疑的目光看向那個傳說中很宅還只認雕刻刀不問世事的東風，虞因有種這小孩該不會是見人說人話，見鬼說鬼話那種類型吧！

冷哼了聲，東風站起身，晃濄回房間。

抱著採購回來的零食，聿也跟著跑回去。

「今天有給你們添麻煩嗎？」掛心著早晨的事情，虞因隨口問道。

「沒事，反正今天我本來就打算去試試看海釣，只是改成帶他去一趟市區。」向振榮豪爽地笑笑，「東風拜託我載他去寄個快捷、去書局買東西，後來我們就去逛老街，也有帶他去吃飯，不用擔心，沒虐待他……檸檬汁除外。」

寄快捷？檸檬汁？

虞因覺得自己的疑問真是越來越大，然後也有點不平——向振榮居然有帶他去吃飯！之前要他吃個東西好像會死，還要各種拐騙才肯多吃兩口，現在竟然別人帶去吃就有吃，這到底是什麼不平等待遇啊！

「檸檬汁是……？」

「喔，去老街的時候買的，那家冰果室滿有名，沒想到在車上他喝了一口整個爆吐，後來休息很久，那應該沒問題吧？」當時向振榮還真的有點愣住，「我是覺得滿好喝的，結果變成自己吞兩杯。」

「有時候會這樣。」雖然肯吃東西，但虞因也看過幾次對方極度反胃的狀況，有次還吐掉聿花了一整天才做好的小點心，那時候聿的臉色整個陰沉，幸好沒表示什麼。

記得黎子泓他們有說過最大問題還是在心理狀態上，和食物本身好壞倒是沒關係，同一道菜可能今天吃沒事，但第二天就整個不行；現在義務性幫忙的楊德丞也對這種狀況苦手，不過還是再接再厲地不斷研發。

「我們在那邊也照了不少相片，等等全部寄給你。」拉了下手機檔案，向振榮將調出來的相片轉向對方，「老街那邊也不錯，你們找個時間過去走走。」

看著照片，是東風很認眞看店家打果汁的樣子，估計是向振榮偷拍的，相片上的人少去平常那種拒人於千里之外的凶氣，本來就清秀的面孔感覺上柔和許多，讓虞因看著覺得有點好笑，不知道爲什麼突然讓他想到那隻叫雞肉乾的貓清醒與睡覺時的極度差異。「請都給我，謝啦。」

比了個沒問題的手勢，向振榮說到他們下午吃飽就回到民宿，當時留在民宿裡的其他人都各自跑去活動了，「後來我們和民宿主人稍微聊過，聽說今年年初海邊才剛發生過意外，一個不小心眞的會倒楣回老家，去玩的時候還是多注意吧。」他邊說著，一邊起身打了個抱歉的手勢，去旁邊接起發出鈴響的手機。

虞因和朋友們打鬧一會兒後，趁著晚餐前的空檔溜回房間。

打開門，正好看見聿和東風又在比讓他看不懂的手語。

「你們是多怕被人偷聽啊！」不用防他到這種地步吧！最好是他會貼在門口聽他們兩個說陰險的悄悄話啦！

「你覺得鬼會看得懂手語嗎？」

沒有回答對方的憤慨，東風丟了牛頭不對馬嘴的問句過去。

「……他生前不懂，生後看不看得懂我也不知道，我又沒當過鬼！」又不是只要是鬼的事情他就得都懂好嗎。

「嘖。」鄙視了眼聽說看了半輩子的傢伙，東風停下告一段落的討論，「剛剛在聊你們今天山上遇到的事情。」

回程時，因爲聿的要求，虞因的確有把那個黑影出現的經過告訴對方，所以不意外他會和東風提這件事，「我也覺得怪怪的，那個阿姨不知道住哪裡，雖然沒什麼禮貌，但不提醒她小心一點似乎……」

砰地一個巨響，打斷虞因的話。

房內瞬間安靜下來，不管是虞因或是另外兩人，完全可以辨別出聲音是從浴室傳來的，像是有人在浴室裡狠狠砸上門板，硬是中斷他們的交談。

「我可以確定一件事，生前看不懂，生後也不一定會懂。」打破了瞬間的詭譎沉靜，東風很認眞地如此表示。

接著就是乒乒乓乓摔東西的聲音傳來。

「別太過分喔！」

虞因用力打開浴室木門，看見被翻倒一地的盥洗用具，以及被扯下來的浴簾，幸好沒有其他破壞痕跡，把這些東西撿一撿、裝回去就好了。

「看來他是真的很不爽那個女的。」看這反應，東風覺得大概八九不離十了。

「我想也是。」虞因把牙膏放回台架上，也很清楚感覺到那種惡意……這麼一來，似乎更要去警告對方了，不然又發生今天這種事就太危險，一個弄不好，會死人的。不知道爲什麼那名婦人會招惹上這東西，那種類型的人其實不太可能會去殺人，很招人怨倒是真的。

「護身符怎麼不繼續戴著？」東風注意到放在床頭櫃上的小東西，隨口問道。

「最近想說精神好時可以幫忙，想休息時就戴著，這樣應該還可以。」只是也常常忘記戴著睡就是，虞因其實很容易疏漏生活細節。

「那真的有用嗎？」因爲這類事情超過了東風的理解領域，所以多少有些好奇。

「……其實你還很有求知慾嘛。」虞因笑了下，一天到晚都想放棄世界的人不會有太多求知慾，就和他們一開始認識時一樣，但現在對方很明顯對阿飄的相關事物有興趣，也算是不錯的發展。

東風錯愕了半秒，馬上知道對方的意思，嘖了聲，把頭轉開。

「和我們做朋友，不是也很好嗎？」雖然他不知道東風究竟遇過什麼事情，不過虞因很希望總有一天對方可以用朋友的方式和他們談談，而不是經由大爸、二爸那邊的檔案卷宗知道。

「很好。」坐在一旁的聿頭也沒抬，認真地挑選帶回來的小蛋糕，然後吐出了兩個字。

「對嘛，東風也考慮考慮？」虞因笑笑地說道。

「好個頭，你們根本……算了。」東風中斷談話，站起身，拿起外套和側背包，頭也不回地直接往外走，「去海邊。」

「小心點，等等要出去吃晚餐再叫你。」

房門被關上後，虞因還是覺得有點好笑，剛剛對方的樣子簡直像落荒而逃。稍微整理買回來的物品，他發現東風放置物品的櫃子多了些方形的小塑膠袋，僅有一包裡面還有幾張剩餘的紙張。

「……色紙？」

□

帶著一抹熄滅同時飄起的細煙，鐵灰色的小船搭上浪花後，被冰冷的海水吞噬殆盡。

「你這樣一直碰水會感冒喔。」

回過頭，蹲在海灘上的東風不意外地看見向振榮走了出來，顯然對方剛剛還在講手機，正邊按掉邊朝他說話，因爲海浪拍打的聲音，所以還特地提高了音量，「都不知道阿關的朋友這麼喜歡在這種天氣泡水，雖然只有腳。」

「阿關不是我朋友。」也不過就是在虞因那邊見過幾次面而已。從背包裡拿出另一艘小船，弄鼓後，東風將小船翻過來，把火柴棒和下午買來的小東西黏進船體裡。

站在後頭的向振榮看著小船乘上海水，下一秒突然由內往外整個燒起來，但很快就在水與風的覆蓋下熄滅，最後被捲入海中。「火是怎麼燒的啊？」覺得很有意思，他乾脆也捲起褲管，在海水沖上來時打了個哆嗦。

「自己用腦袋想。」不過就是點小把戲，東風也不知道這樣是不是比較好，反正他閒著沒事，就繼續抽出背包裡的小船。

「不得不承認我腦袋不好。」向振榮爽朗一笑，並沒生氣，看對方繼續放小船，「爲什麼要放這麼多？你今天摺一下午，數量還滿多的。」回來之後，他拉著東風在外面聊天，一邊聊天一邊摺紙船，因爲對方要求，所以他沒告訴虞因這件事，只覺得有點怪。

「……」

「有想找誰回來嗎？」

「誰想回來就自己回來吧。」其實也不知道這樣做的用意，不過可能眞的會有什麼用處吧，否則虞因那時候表情不會那麼認眞。看著再度沉沒的小船，東風站起身，稍微舒展痠痛的身體，「回去了。」

「咦，不是還有嗎？」瞄了眼對方的包，裡面似乎還有點色彩。

「再丟下去，可能會有人來叫我把垃圾都撿回去。」附近正在收拾物品的釣客已經不知道往這邊看幾次了，東風決定在被罵之前先走人。

向振榮抓抓頭，同樣留意到附近的目光，「也是啦。對了，你應該穿厚一點的外套，這樣不冷嗎？這才幾月，小心眞的生病。」

「少管閒事。」東風本來想說服自己習慣就好，被這麼一講，瞬間又覺得冷起來，連噴嚏都要打出來了，只好拉緊外套，快步往民宿走。

「怎麼這麼不近人情，會冷可以借你外套啊，我們都有帶厚外套，你要多穿多吃啦，不然遲早餓死。」今天出去時見識過對方的吃飯方式和檸檬汁事件，原本還覺得阿關在亂講的向振榮，現在也覺得眞的誇張，難怪這小孩看起來會這麼瘦，眞是嚇死人。

「餓死也好，怎樣都無所謂。」東風停下腳步，看著逐漸轉為黑暗的天色。

「雖然好像沒資格講這種話……不過年輕人都喜歡動不動講死什麼的，感覺好像很酷，實際上根本沒這麼簡單。」向振榮緩緩地越過東風，回過身，似笑非笑地說：「我認識個學長，他的好兄弟也很不怕死，最後眞的死於非命，還死得很慘。屍體或許不會再感到難過，但是會把這些全都留給活著的人。說眞的無所謂嗎？可能也沒有那麼簡單吧。你覺得那些需要小船的『人』，會不會無所謂？」

「那些與我無關。」他並不是需要小船的那種人，很早以前就不是了。

「雖然這樣說，不過你還是摺了這麼多。」望向漸黑的海線，向振榮淡淡地開口：「而我覺得，即使你認爲無所謂或無關，但是摺船的人和收船的人肯定會因此有什麼交集，今天不曉得、明天不曉得，總有一天會有關聯，所以不要說服自己對世界無感，世界並沒有那麼糟。」

東風冷笑一聲，撥開因海風狂吹蓋到臉上的髮絲，「不用對我輔導，你還太嫩。」類似的話他不知道聽那個多事的學長講過幾百次，聽到耳朵都長繭了。

道理人人懂，人人也都會說，但是當自己遇到時，有多少人眞的會如此呢？

他不是對世界無感。

他是想和世界永遠隔離。

「你知道七星潭又叫月牙灣嗎？」

東風偏過頭，看著站在面前的向振榮，以及後面滿天的星子。

對方並沒有被激怒，只是露出稍微有點難過的微笑。

「嗯。」

「我覺得這名字很好聽，活著的時候，想知道更多像這麼好聽又漂亮的地方，所以想要活得更久一點，希望有一天你也能夠如此。」

之後向振榮沒再多說什麼。

兩人安靜無語地並肩走回民宿。

遠遠看見民宿庭院裡好像有怪異，大部分人都圍在同一張桌子邊，站比較遠的虞因正在講電話，表情看來有點焦急。

「在幹嘛？」向振榮手一伸，直接把阿關拎出來，自己卡進去看熱鬧。

「剛剛新聞快報說中部發生駁火，好像是有民眾舉報附近住家有人尖叫吵鬧，然後里長和警察去敲門時，突然被裡面的人開槍。緊急通報調派人手，就發生槍戰的樣子……快報只有這樣。」一群人原本準備要出去晚餐，結果正在庭院玩平板的人突然喊起來，說駁火地點就是平常大家玩耍的區域，接著大半人都圍過來看即時影音，阿關簡短地如此說明。

消息不多，得等到網路更新。

「應該沒事。」虞因聽完電話那端的罵之後，有點苦笑地走回來說道：「不是我爸他們負責的，在場員警們似乎只有輕傷。」他也不過就是很擔心地撥手機給玖深問看看狀況，沒想到好死不死他家二爸竟然就在旁邊，當場被抓個正著，劈里啪啦地先罵一頓管太多才和他講沒事情……所以那通電話他有八成的時間是在聽訓，還不能掛掉……

「沒事就好。」聽他這樣一說，以李臨玥為首的一群朋友才稍微鬆了口氣。雖然半聯誼性質的朋友居多，但當中也有好幾個多少認識虞因家人，更別說是畢展小組，會擔心也是正常。

稍微等待半晌直到新聞更新，確認了似乎真的沒有太過嚴重的傷亡，報導指出僅有輕微受傷和逮捕所有嫌犯後平安收場。

畢竟還都是學生，無事後大家的玩心重新復活，開始討論要按照原定計畫出去吃好料。

原本想要拉著東風出門吃飯，結果虞因回頭就看到房門被摔上的畫面，估計對方怎樣都不會出來了，只好向旁邊的聿聳聳肩，想著回來時再給他帶點吃的。搭著聿要過去算人頭時，手機傳來了簡訊聲響，打開就看到東風寄了一些簡短的字給他，大意就是叫他留意賣土產或是比較有名的店家之類。

「爲啥啊？」疑惑地看向旁邊的聿，虞因求解答。

「那個阿姨……」聲音很低地開口，聿輕輕地說道：「行李，三天左右。」

那時候火車上對方攜帶的行李大概是三天份嗎？

虞因當時沒特別注意對方的行李是大是小，不過聿這樣一說，隱約也想起來似乎不算多，加上小孩的應該就是三天兩夜的分量，若是白天都在觀光景點的話，按照那個人的個性推算，的確很可能晚上或搭車前會去買一些名產，或是騰空去找一些推薦必吃的觀光名店。

打定主意後，所有人開始拿錢包、外套，比較不道德的則趁大家拿取東西時衝去佔最好的車位，更不道德的某男生拋棄自己的朋友，凶狠地以身橫躺一人佔三位，獻寶地等著自己要把的美人上座。

接著阿關等人就把這類不道德外加有異性沒人性的傢伙扛出來要丟海底，一群人就像搬餅乾的螞蟻浩浩蕩蕩地衝向海邊。

穿著大外套出來的虞因剛好趕上同伴相殘的這幕，被扛著的餅乾還發出「阻人戀愛！我會從海底回來詛咒你們通通沒馬子！」的誇張喊叫聲。

「你們是還沒吃飽就撐著啊喂！」看一堆手電筒光在不遠處亂射，幾乎所有人都跑掉了，虞因只好拉著聿過去看熱鬧。

鬧歸鬧，由阿關帶領的狐群狗黨群還是有殘存的一點良心，只把人丟在海灘上，沒真的扔進會冷死人的海水裡，遭丟包的人跳起來追打，在黑暗中直接鬧成一團。

可能是人氣太盛，也可能是太過熱鬧，虞因這次並沒有看見海面上有什麼，平靜得就像一般人所看見的海水般，不斷帶來一陣陣令人沉迷的浪潮聲。

就在大夥兒正在興頭上時，青白色的強光突然由後打在虞因身上，讓一旁的聿立刻抬手遮住眼睛，接著是他們都沒聽過的男性聲音：「你們在幹嘛！這麼晚不要在海邊玩！小心發生意外！」

整群人瞬間安靜下來，手電筒照過去看見的是個陌生的中年人，大約五十多歲，穿著厚厚的禦寒衣，帽子、手套、口罩一樣不缺，旁邊還放置著海釣用具，估計是正要回去的釣客，也有可能是夜釣的人。

被打斷後也沒心情再騰鬧下去，整群人吐吐舌，拉緊外套繞過釣客，上車準備出發了。

擠進車內溫暖了許多，愉快的心情讓幾個人再度討論起來。

「等等回來買些飲料吧，可以去海邊看星星。」

「這綠島像一隻船～」

「這裡並不是綠島，你還不如唱來去台東比較近。」

「買漁網吧，把威鈞丟下去再撈回來。」

威鈞就是剛剛那個沒道德要被眾人拿去填海的傢伙。

「花蓮薯、花蓮薯～」

「米老鼠！米老鼠！」

「哩靠北喔！」

4

「讓讓！請借過！」

黑夜中，尖銳的救護車鳴笛聲割破了急診室的喧鬧聲。

搶時間的救護人員在擔架床上不斷對已經失去意識的患者做著心肺復甦，以不變的姿勢被推進急診裡，快步跑來的醫生連忙下指令，用最快的速度進行搶救。

雖然已不是第一次看見這樣的場面，但每當鳴笛響起，玖深還是會有點抖，默默希望被送來的人可以平安無事。他端著熱飲轉進旁邊的休息室。

「老大，先喝點東西吧。」折騰了整晚都還沒吃到一口東西，玖深自己也餓得半死，更別說從下午就在待命的虞夏，八成連著兩餐都沒吃。程序工作結束後，他騰空到附近繞繞，結果便當店之類都關了，幸好找到家飲料店有在賣紅豆紫米，可以稍微墊墊肚子。

虞夏隨口道了謝，邊套上襯衫，邊接過杯子，「沒事你就和其他人先回去，我哥等等會過來。」

「那個、我有開車啦……」其實剛剛工作結束就已經下班的玖深，巴巴地看著同僚，

「老大你剛剛才縫完應該也不好騎車吧……」

「我單手騎得還比你穩。」瞄一眼袖子下的繃帶，虞夏哼了聲。

「那是危險駕駛……」玖深小聲地說。

「有意見就大聲說出來。」

嗚嗚嗚，就算有意見也不敢大聲說啊。玖深看過太多大聲說之後就變成豬頭的慘案，尤其在對面友人心情極度不好時，就更危險了！這活生生就像是在和一頭走來走去的老虎大聲……不不，就算是小聲也不一定會有好下場。

正掙扎著要怎麼委婉說服對方時，開門聲打斷玖深的糾結，走進來的是避開層層阻礙、好不容易溜過來的葉桓恩。

「如何？」咬著粗吸管，虞夏問道。

「還行，現在新聞報導的方向大致都是偏向附近居民舉報的巧合，警方和歹徒駁火後意外發現屋裡藏有大量毒品，目前正在清查中。」確認過所有播報後，葉桓恩才趕來這邊，因爲警局外還包圍著不少媒體，他儘可能地低調來到醫院，幸好沒引起任何注意。

新聞上「被開槍的員警」所在的醫院也有不少媒體在外等待，不過那邊有人看守阻擋著，統一由局裡代表發言。

虞夏點點頭，估算著這樣應該可以不引起高層人士的注意。接下來，媒體應該就會知道警方在毒販家中發現了名冊，其中有些藝人、甚至民代的名字，當媒體繼續大肆報導時，他們就可以開始翻攪已經監視很久的其他大點。

沒錯，這並不是巧合。

早在拿到據點清單時，他們已經針對幾個重點開始布置人手監視，先前用各種方式搗破小據點後，今天開始的這一個是其中一處重要根據地。

幾個月下來，他們掌握在此出入數人的生活習慣，包括偶爾會有暴吼吵架的情形，趁著今天所有區域幹部都來此開會，他們設計了所謂的居民通報，原本打算在對方還沒有戒心時強行突破，只是沒想到裡面的人曾突然開槍。

當時喬裝成制服員警的虞夏直覺保護里長，雖然沒有被子彈傷到，卻被應聲破碎的玻璃割出十幾公分的傷口。

接著便是支援人力到達……其實也是布置在附近等命令的隊伍，用最快的速度拿下那些想逃走的幹部。

當時跟在旁邊的資深記者是他們認識的友人，承諾在時機到之前不會曝光他們的行動，所以第一手獨家報導就寫成了巧合緝查毒窟之類的，後續跟上的媒體也建立在這個基礎上，開始散播新聞。

事實上，從屋裡清查出來的毒品的確不在少數，所以表面上看起來都還算合理。

唯一不合理的是那些歹徒的年紀。

被圍捕的幹部都非常年輕，雖說是幹部，但五人卻都只是不到二十歲的青少年男女，最大的十九歲，最小的竟然才十五歲，每人身上都佩戴有同樣記號的槍枝，第一個朝虞夏開槍的就是那個十五歲男孩。

相較之下，反而管理那間房子的幾個人還比較像幹部，都是二、三十歲左右的成人，所以這些成人就被當成是販毒者，那些小孩子被描述成來買毒品的青少年，報導上暫時矇混過去。而且顯然他們也想要讓警方這樣以為，幾名成人不斷咆哮要警察走著瞧之類的……

「五名幹部完全不開口。」葉桓恩稍微描述局裡的狀況，「已經將人隔離開來，但全部保持沉默。」

「……猜得到。」即使開口也不會講眞話吧。之前他們抄下來的車隊其實也有這種現象，只是那次的人素質不齊，所以才很快突破，這次的小孩明顯經過長期訓練，要他們開口可能得花點工夫。

葉桓恩拍拍虞夏的肩膀，估計現在黎子泓和虞佟正在專心於那五名幹部與各自的背景。

「走吧，先一起回去休息，玖深應該也累了。」

「嗯嗯。」人多的話虞夏就比較不容易推託，玖深連忙收拾收拾，正要推門出去時，突然發現門整扇卡住，推也推不開，「咦……咦？」

同樣發現異狀的葉桓恩湊上前，試了幾次一樣開不了門，兩人有點疑惑地互看一眼。

就在同時，原本明亮的燈發出細微聲響，啪地聲瞬間熄滅，室內立即陷入一片詭譎的完全黑暗。

「！」玖深被嚇了一大跳，差點驚叫出來，突然有人摀住他的嘴巴將他往旁邊拉。

「外面有人。」

葉桓恩的聲音輕輕傳來，黑暗空間中唯一的光源來自下方門縫，從狹窄的細口拉進了黯淡的短光，附帶的影子表示了門外站著他人。

然後，門把傳來了被人轉動的聲音。

無聲被推開的門板後出現了窺探者的眼睛，慢慢地就著外頭的光線掃視室內，並開口報告——

「沒人，他們走了。」

門再度被關上，室內的燈再度亮起，但是光相當黯淡。

從遮蔽物後走出的虞夏與另外兩人不用交談，大概也心知肚明是怎麼回事，當下確定必須盡快離開醫院。

他們確實還被盯著。

□

猛然驚醒，四周一片漆黑。

虞因掀開棉被坐起身，腦袋還有些混亂，不知道自己什麼時候回房睡著的，分別在他兩側的聿和東風似乎沒有被吵醒，依舊睡得很沉。

虞因按著冒出冷汗的額頭，下意識轉向一旁的時鐘，上面指著三點十分的時間，就和昨夜看見的相同。

「到底要幹嘛啊……」

踏下地毯，沒有髮絲、沒有其他東西，沒有多餘的聲音，窗簾和窗戶上也看不見東西，房間裡寂靜到連沉睡者的呼吸聲都沒有。

確認聿的確還熟睡著，虞因才鬆了口氣，轉身要看看東風而掀開另一側的棉被時，才發現裡頭竟然沒人，冰冷的床鋪與被窩表示鋪位主人已經離開很久，久得連些許溫暖都沒有遺留下來。

「……東風？」

房間裡沒有，推開廁所門，裡面同樣空無一人。

沒看見自己掛在牆上的大外套，虞因隨便套了件衣服，打亮手電筒走出庭院。

黑夜中，幾乎沒有任何光亮的庭院讓人有種無法辨識空間的錯覺，像是走在另一個世界般，連腳底踏著的磚地也感到飄浮不定。

海浪拍打著岸際的聲響遠遠傳來。

有點被吸引走出了庭院，隨著海浪的聲音向前走，即使在黑暗中還是可以辨別出浪花翻滾捲起帶上的白色水泡……但是這裡什麼也沒有。

不知道為什麼，理應很冷的夜晚，他卻一點也沒感覺到冰寒，好像沒什麼溫度。

走了一小段仍沒看見人，虞因只好轉回佇立在黑夜中民宿。

民宿裡依舊沒有任何光，不管是李臨玥、阿關，抑或其他友人的房裡都沒有任何光源，沒有床頭燈、小夜燈，也沒有其他電子產品可能會有的微弱光芒，全然的黑色無彩。

沒有感覺到什麼不對勁，他下意識想走回房間，但在手電筒光一照上地面時，赫然看見一排折射了光源的潮濕腳印歪歪斜斜地指向了他所在的房間方向。

像是有人拖行著步伐，艱難地走進房裡，那排腳印就算遇到門扉也沒有停下來，就這樣一半在門外，一半已經進到門裡。

轉動門把，虞因這才發現房門竟然被上鎖了，而且還扣上了內鎖，就連帶出來的鑰匙都沒有作用。

走出庭院，正想從窗戶叫醒睡在房內的聿，虞因發現有人背對著他坐在窗邊，不知道爲什麼這人的長髮完全濕透，頭顱靠在窗戶玻璃上時，許多髮絲沾黏其上，還帶著一層水氣，凝結的水珠順著平滑的窗面拉出落下的水痕。

然後，「他」緩緩地——

「阿因！起床啦！」

完全被搖醒時，虞因才發現自己在車上睡著了，而且其實才睡了十幾分鐘。

坐在他旁邊的李臨玥拍拍他的臉，好笑地說道：「吃飽睡睡飽吃，你還眞適合當豬養啊我說。」

對了，他們才剛剛吃完晚飯，還是朋友特地推薦他們的苗家菜和酸湯火鍋，暖呼呼地吃飽後趁著回去之前把車開進市區，想再買點其他好吃的。

虞因猜測自己就是在這段車程裡睡著的，不過自己沒意識到是什麼時候睡著的就是，旁邊的車倒是還很清醒。

「怎麼了？你臉色看起來怪怪的耶。」本來還想鬧一下友人，不過李臨玥很快就發現對方沉默得有點不對，「作惡夢嗎？才睡十分鐘你也有辦法惡夢？」這到底該稱讚他更上一層樓，還是應該要叫他快快下樓呢？

「妳才作惡夢。」也不知道那到底是想幹嘛，虞因避開往自己身上黏過來還想趁機亂吃豆腐的傢伙，「去摸妳那些男朋友啦。」

「唉唉，好歹我們也是一起長大，你和我何必分得如此細。」沒想到肌肉還滿結實，看來最近有鍛鍊有差喔。李臨玥嘖嘖地如此想著。

「別鬧了。」直接按住對方的臉推開，虞因看見坐在前座的孟品思掩住嘴巴直笑，似乎對他們的打鬧感到很有趣。

「你們要去買點麻糬嗎？」同樣發現對方正在看她，孟品思指著不斷出現的大招牌，連忙轉移話題地問道：「雖然不知道哪家比較好吃，不過也可以順便買威鈞他們說的花蓮薯。」

「既然都講到啦，那就停車吧。」根本不管後方乘客的意見，駕駛座上的男生直接按下架上的免持手機聯繫其他車輛，「這裡是第二艦艇，本艦即將在前方一點鐘方向麻糬區停泊，OVER。」

手機另端傳來笑鬧的聲音，很快地，幾輛車就在名產店家附近找了位置停下。

因爲鄰近車站，整條街幾乎都是不同但又很類似的土產店，琳瑯滿目地讓人看得有些眼花撩亂，部分店家還重複開了好幾間，像是努力想告訴遊客他們才是最好的選擇。

「要去哪一家？」想著宅配一點去局裡給大家吃，不過虞因自己也沒有特別偏好，「還是全部都買一點，最後再一起寄回去？」

聿點點頭，表示同意提議。

這樣也好，東風有要他留意一下名產店，說不定眞會遇到那對母子。

整團人大致約了個時間集合，便原地解散。

和聿連續逛了幾間店家，也買了不少件手禮和宅配，雖然有特別留意，不過虞因還是沒看見那對母子，想想大概也不可能眞的如此巧合。

如果那時候有問他們住在哪邊就好了，可是照那種狀況，對方也不一定會和他講，搞不好還會被臭罵一頓什麼的。

走在旁邊的聿突然扯扯他的外套。

「沒事，我沒有栽進去，只是覺得好像哪裡怪怪的。」如果那個阿飄不想他們介入，不要來找他就好了啊，但是對方來了，還搞得他們都很介意，虞因本來還不覺得怪，現在眞的開始覺得不是很對勁。

難道是隨機亂晃的飄嗎？

不，應該不是隨機的，那位飄兄很明顯就是跟著母子檔。

有時候眞的不是他想多事啊……

就在這樣想的同時，虞因抬起頭，猛然看見夜晚的對街上，在同樣佇立著名產店的另外一邊站著黑色的影子，沒有先前的惡意，就只是靜靜站在那裡，即使街燈與各式各樣的店面燈光照亮了街道，還是照不清那條影子原本該有的樣子。

幾秒後，黑影像是一團煙般輕輕地散化在空氣之中。

然後，傳來極爲劇烈的煞車聲——

「靠！要嚇死人喔！」

瞬間煞住的小客車朝著站在馬路中間的小男孩大喊，在車子即將撞上之前衝出來的是在附近閒晃的阿關，車頭就這樣頂在他的膝蓋前停住了。

「撞下去才會死啦，你好運他也好運，大家都好運沒事啦。」直接抓起呆站在原地的小男孩，阿關揮揮手。小客車的駕駛驚嚇過後看也沒怎樣，的確是運氣好，後面也沒有其他來車，又好氣又好笑地罵了兩句便離開了。

「沒事吧。」快步跑向阿關所在位置，附近幾個同學也圍繞了過來，包括孟品思、李臨玥和向振榮在內，遠一點的威鈞發現異狀後也跟著跑來。虞因蹲下身，拍拍還很呆滯的小男孩，接著發現對方就是母子檔裡那個被阿飄打的小孩。

「好像嚇到了。」也出現在旁邊的孟品思看看四周，沒有發現母親。後頭的向振榮與威鈞往附近的店家稍作詢問，沒有得到結果。

「欸，你還在人間沒變醬啦。」阿關很嘴賤地說道，順便伸出手掌在小孩面前揮來揮去，「回魂喔，記得招你老母一起過來喔。」

「別鬧了。」李臨玥朝阿關的頭頂打下去。

「你媽媽呢？」在虞因旁邊蹲下身，孟品思放軟了聲音，半安撫地摸著小男孩的臉頰，

「哥哥姊姊們可以帶你去找媽媽喔，記不記得從哪裡來的？」

見男孩還是一臉呆滯樣，虞因站起身，原本想看看有沒有可以暫時坐下休息的地方，但猛一看出去，赫然發現那道黑影竟然就站在阿關身後，從眼眶裡翻出來的灰白色眼睛直勾勾地盯著男孩。

「……我們先離開這裡。」注意到男孩也在看著黑影，虞因很果斷地說道：「快點。」

孟品思疑惑地看著對方，正想說點什麼時，就讓李臨玥拉起身，「別問了，走吧，我剛剛有看到賣喝的地方，先過去再說。」

孟品思多少聽過虞因的傳聞，想了想，點頭沒再說什麼。一旁的阿關直接抱起小男孩，快速跟上李臨玥的腳步。

黑影站在原地，並沒有跟著他們移動，在虞因邊走邊回頭的觀望下，就這樣再度消失在街道中。

隱隱約約感到視線感真的隨著那玩意消失了，還沒走到飲料店，虞因就聽見前面的小男孩發出了聲音。

「媽媽……」

顯然對於自己被陌生人抱著感到很疑惑，男孩怯怯地推著阿關，開始恢復屬於人類生氣的臉上出現不安，接著到處張望著，「媽媽……」

幾個人停下腳步，阿關也很順手地把小孩放回地上，「你媽在哪裡？」

男孩害怕地搖搖頭，沒說話。

向振榮靠過來，思考了半晌，蹲在地上和男孩平視，問道：「剛剛在買糖嗎？」

「沒有……」男孩還是搖頭。

「媽媽在吃東西嗎？」

「沒有……媽媽和爸爸在吵架……」

「打電話吵架嗎？」

「嗯。」男孩點點頭，比劃了下，「一直吵，說要出門買糖果……但是媽媽一直說等一下等一下。」

「媽媽還在旅館裡嗎？」也聽出個大概，虞因皺起眉，「你是跟大哥哥還是大姊姊出來的？」

「大哥哥喔！」男孩眼睛一亮，轉向虞因，「就在你後面。」

在那瞬間，虞因耳朵猛地整個嗡的聲響，帶來劇烈疼痛的耳鳴直接隔絕其他聲音，暈眩感差點讓他踉蹌摔倒，旁邊的聿連忙拉住他的手臂，接著旁邊不知道誰也連忙托住他，過了好半晌後，才看清楚是李臨玥的臉。

甩甩頭，那些不適感稍稍退去後，虞因向後看，卻什麼都沒看見。

「還行嗎？」收起玩笑表情，李臨玥並沒有放手，就和聿一邊一手繼續抓著。

「要不要先找間廟？」阿關直接拿出手機想搜看看附近有沒有什麼可以拜的地方。

「免了。」確定真的沒事後，虞因才抽回自己的手，和他比較沒那麼熟的向振榮幾人似乎有點嚇到，不過沒表現得很明顯，就是站在原地用各種若有所思的表情等他們。「沒事，當我貧血發作就好。」

「媽媽剛剛也是這樣子喔。」男孩指著虞因，拉拉向振榮的衣角，「大哥哥說沒關係，所以我就和大哥哥出來了。」

「你……」

正想問點什麼，某種騷動聲響打斷了向振榮。

很像沉重的東西砸到地板上引起的巨響，而且離他們沒有很遠。

接著是第二個聲響傳來，引起其他路人停下腳步好奇查看。

就在所有人都被吸引注意力而轉開視線時，虞因看見了站在那裡的男孩朝他露出冷笑，臉上的血色瞬間褪盡，赤紅到刺眼的血絲快速爬上雙眼，接著無聲地開口：

她就是這樣她就是這樣她就是這樣她就是這樣她就是這樣她就是這樣她就是這樣她就是這樣——

□

猛然被驚醒時，四周是一片漆黑。

東風拿開身上的書，才想起自己坐在椅子上看書看到睡著，但是他記得自己看書時是開著燈的，眼下四周卻是全然的黑暗。

「你們回來了嗎？」

無人應聲。

東風抓抓頭，突然發現手上有點濕，轉亮桌上的檯燈後才發現頭髮不知爲何濕了部分。側過頭，就看見旁邊的窗戶上有著一層霧白色的水氣，靠近他坐的位置旁邊有絲絲痕跡，就像有人頭髮沾黏在上面拉扯出來的殘留軌跡。

「……對我耍把戲沒用，我不是虞因那種爛好人，也沒有耐心，要就說，不要就滾。」

雖然並不怕那些有的沒有的，但是東風還是可以感覺到身體對空間裡存在的某種東西起了反應，逐漸降低的溫度讓雙手冰冷到連關節都開始疼痛。將書本放到桌上，拉下半開的窗簾後，拿過外套將自己包裹進布料中，不過效果似乎有限，無法達到真正的溫暖。

回過頭，他突然看見剛剛還是整面霧白的窗戶玻璃上突然出現了一個人的印子，似乎在他穿外套這短短的時間裡，有人自外趴在窗戶上窺視著裡面似地，他從被擦去水氣的玻璃直接看出了外頭的庭院，還是很黑，隱約可以看見對面的房間裡有某種儀器的亮光。

開亮了整間房的燈光，東風這才驚覺窗簾是整個被拉起的，剛剛的注意力放在玻璃上，忘記窗簾早已拉下，除了這些，房裡似乎沒有其他變動。

房內一亮，屋外看來就更加深沉暗黑。

轉亮手電筒，從那個人形照出屋外，他看見庭院地面上出現了一排足跡水印，從深黑的遠方蜿蜒走進，穿過庭院，終點似乎就是在他所在的這間房。

房裡沒有看見水痕，東風只思考了片刻，便很乾脆地拿著手電筒去開門……接著他就發現雖然開了鎖，但是門竟然打不開，像是有人在外面卡住門板似地，使盡全力居然連一條細縫都弄不開。

搞不懂這是怎麼回事，回頭要拿手機詢問虞因時，突然看見窗簾已經被放下來，完全覆蓋窗戶，緊密得連一絲隙縫都沒有。

幾乎同時，桌上的檯燈一陣閃爍，整個房間的光源猛地消失，原本明亮的空間陷入全然的黑暗。

沒有特別感到驚慌，雖然看不見四周，東風還是按照自己的記憶，準確無誤地走到床邊拿出自己的手機，然後順勢坐在床邊地板打開使用，這才發現虞因有發簡訊給他，大致上是說他們遇到那對母子，不過有點誤會與摩擦——那個母親因爲小孩不見大鬧旅館，他們跟著小孩找過去時，母親又賴他們誘拐小孩，全部都吵上警局，所以會晚點回來。

訊息是稍早傳的，手機上顯示的時間是深夜一點左右。

推算時間，他們弄完八成都可以回來吃早餐了吧。

想了想，東風打消撥電話過去詢問的念頭，就這樣將頭枕在床鋪邊，等待著其他可能會發生的事。

不害怕，沒太大的感覺，也不會想逃走。

只是稍微想起很久以前的記憶，那時候讓他學會只要靜靜待著，等一切都過去就好。

他就這樣等著，等著。眼睛漸漸適應了黑暗，稍微可以看見物體輪廓，然後繼續等，也不知道自己到底在耗時間等什麼。

……虞因眞的是腦子有病才跟這些玩意一起殺時間。

也不曉得等多久，等到有點意識模糊、半睡半醒之際，東風突然聽見門板傳來聲音。

被鎖上的把手輕輕轉動著，似乎有人試圖想打開房門，但是用的並不是合適的鑰匙，而是某種撬鎖物。

那玩意應該不會用撬的進來吧？

都可以自己來弄窗簾了，東風相信肯定不是用撬門的方式進來。

瞇起眼，他看見窗外有微光與人影晃動，完全就是人類會有的鬼祟動作，對方試圖撥弄窗戶，不過礙於還有一層鐵窗，很快就放棄了。

接著，那人又繞回門口，繼續挑戰其實應該很快就能撬開的老鎖。

晚上看書前，東風認爲虞因兩兄弟會很快回來，便沒有帶上內鎖門鏈，所以只要對方撬了門鎖，馬上就可以進到室內。

所以是小偷嗎？

將手機轉爲靜音和錄影模式擺進枕頭間，他趴在地面緩緩爬到門邊，最後在角落坐起。

側頭聽著外面傳來的聲響，可以推測出對方是個男的，或許比虞因矮些，對方在撬門時不經意的手腳碰撞聲可以提供些許訊息。

就和他被困在房裡一樣，顯然對方也弄不開這扇門，而且隨著時間拉長，還傳來低低的咒罵聲。聲音一出就讓東風猜測的性別得到驗證，的確是個男的，還有點年紀。不過聲音模糊不清，大概有用某種東西覆蓋臉部，像是口罩之類的吧。

做賊的確是要蓋頭蓋臉。

邊等對方撬門，邊在心中計算時間，大約過了十分鐘，門外失敗的小偷終於放棄，不過也沒有轉向其他房間，在外面徘徊些許時間，繼續撥弄幾次窗戶鐵窗，然後才從庭院離開。

小偷一走，房間裡的溫度突然不再那麼冷。

幾分鐘後，檯燈突然亮起，房裡的燈也緩緩重新甦醒，帶來溫暖的光源。

站起身，等身體痠麻的感覺退去後，東風才打開房門。

這次毫無阻礙地直接打開，冰冷的夜風撲面而來，再度降低了身邊的溫度。

門外什麼也沒有，沒有小偷，庭院裡也沒有任何腳印。

他不知道那玩意要對付的是誰，但是眼下很明白已經表示剛才若小偷眞的衝進來，遭殃的就是他。

雖然有對付小偷的方法，不過如果可以，東風當然不想硬碰硬地虐待自己。

再度關上門、扣起安全鎖，他抬起手，突然看見手掌上沾黏著幾根頭髮，和他寄出去的那些一樣，還帶著水珠。

「……謝謝。」

無法知道那東西在哪裡，他只能就剛剛的狀況，先開口。

門外傳來了某種聲響，好像有什麼東西走掉的感覺，接著再也沒有任何異狀與聲音了。

□

李臨玥打了個哈欠。

「不知道還要弄多久。」瞄了眼牆上的時鐘，指針朝向清晨兩點的時間。好心地把小孩送回去時，他們幾個人就被小孩的媽給揪住，硬是指稱他們誘拐小孩、鬧上警局，結果相關人等通通被帶進來，其他的同學因爲擔心也跟著都跑來，整個警局一下子變得很熱鬧，熱鬧到在等待其他案子的記者都跑來拍照了。

坐在旁側的孟品思早就打起盹，整晚的折騰讓她疲累地靠著李臨玥小憩，有點看不下去的女警乾脆找來毯子借給她們。

另一端的聿看起來就很自在，竟然還拿了本不知道哪借來的書在翻，靜靜地等著虞因和年紀比較大的向振榮處理鬧劇。

和旅館櫃台人員核對過說法，他們的確有看見小男孩是自己跑出去的，因爲不放心，其中一名櫃台小姐還追出去想要把男孩帶回來，但是不知道爲什麼，男孩速度很快，才轉個巷道就追丟了，想著回去要通知房客時，婦人已經開始大鬧。

隨後員警花了點時間詢問附近的店家，說法也與櫃台小姐一致，都看見小男孩單獨跑過去，後來調出監視器，還讓他們找到差點撞到小孩子的駕駛，好夢中被吵醒的駕駛在電話中也說明是阿關出來救小孩子，不像是誘拐小孩。

花了大半夜把事情釐清後，本來一直在叫囂的婦人——賴慧春，氣焰才開始消滅。

「妳如果還硬要說是人家誘拐妳的小孩，他們其實也可以告妳喔。」可能對於婦人不斷騰鬧感到厭煩，負責承辦的員警這樣告訴對方：「妳自己好好想想，鬧這沒意思的，再搞下去對妳沒好處。」

大致也知道自己理虧，婦人才冷哼：「好啦好啦，是我弄錯行不行，誰教他們一堆人抓著我家小孩，那麼一大群人看起來又不是什麼好東西，會被搞錯怪誰。」

「妳個——」

按住要衝上去揮拳的阿關，向振榮把人往後拖，避免又節外生枝。

「既然這樣，是不是就沒我們的事？」看樣子是沒問題了，虞因才鬆口氣，幸好沒通知家長，不然眞不知道他二爸會用什麼方式殺掉他。

「你們在那邊簽個名就可以了。」其實這些學生本來就可以離開，只是很衰地被硬扯著不放，想想也眞的很倒楣。

「等等，那爲什麼我還不能走！」一看見學生群要動身離開，婦人立即不滿地喊叫。

「妳在旅館毀損物品……」

「還不就是要錢嗎，要賠多少我都有啊！他們還好意思要嗎，那旅館那麼爛，要什麼都沒有，餐點還難吃得要死，我都還沒要他們賠我精神損失，大老遠來這地方簡直受氣——」

「妳是多了不起啊！有啥精神好賠啦！」根本聽不下去的阿關整個暴怒，桌子一拍指著婦人就發飆：「有錢了不起啊！妳是花幾百萬住旅館啊！嗄！」

「阿關，不要理她啦！」幾名同學連忙抓住作勢想要打人的阿關。

「現在是怎樣啊！沒政府嗎？看你們這種德行就知道沒家教，有種來打啊，信不信我告死你啊！」婦人也整個倏地站起身，拉尖了聲音回吼道：「來啊！怎樣啊！」

「妳是怎樣啊！」

「別跟她吵了啦！」

在警察的眼色示意下，向振榮和幾個男生直接把阿關拉出警局，讓他有多遠離多遠。留下的虞因和其他幾個人趕緊加快辦完手續，和員警道謝後，拉著聿離開。

踏出警局後，就看見阿關他們在大門口處，阿關有點生氣地甩掉向振榮的手，不過倒是沒有再衝進去和那個婦人對罵了。

「跟那種人吵沒好處，少和自己過不去。」向振榮搖搖頭，「氣死自己划不來，弄一晚大家也都累了，我請大家去吃個宵夜，然後回去睡覺吧。」

的確所有人都又累又睏，立刻贊成向振榮的提議。

詢問了外面的員警，打聽確認好紅茶店位址，一行人就直接往目的地前進。

走在隊伍末端，虞因邊打著哈欠，邊給民宿裡的東風發簡訊。這時間對方應該熟睡了，打電話容易吵醒人，如果還沒睡，看訊息應該就知道了。

正要收掉手機時，他看見有訊息跳進來，接著發現走在較前面的李臨玥朝他眨眨眼。

我上傳的影片，有個朋友看到，認出那個女的，給我一些連結，你看看囉。

簡短的幾句話，下面則是兩條影片網址。

5

東風大概在上午七點多醒來。

一個晚上過去，他自己也不記得是什麼時候入睡的，反正等著等著就睡著了。

睜開眼睛時，看見聿躺在自己的床位上睡覺，看起來有點疲累，睡得很熟，一邊的小桌子上放著幾樣小點心，還有看起來一點都不小的小西點，估計是清晨回來時買的。

「早。」

正好從浴室走出來的虞因小聲地開口：「昨晚抱歉……」

「沒關係。」反正也不在意，東風抬手終止對方的各種愧疚，「我有看到簡訊。」

曉得再講下去會被罵，虞因也就停掉了本來想道歉的一番話，在東風下床走到桌邊時，將平板遞過去，「這李臨玥發給我的。」

看著上面已經連到幾個影片網頁，東風接過虞因遞來的耳機，按下播放鍵。

內容一開始播放，就知道虞因要他看的用意了。

影片是側錄的，估計是用手機臨時錄下來，是個婦人和商店店員起爭執的畫面，看樣子應該是其他顧客放上來的，還寫了個超級囧的標題。

為了方便觀看的人進入狀況，拍攝者還很貼心地在下面附帶寫上說明，大致就是某月某日的某個時間，有名高貴客人來和店員換滿額贈品什麼的，贈品是隨機抽選，打開後婦人發現不是她要的，怒得要店員給她重新換一次。

影片上的店員剛開始不斷解釋這是隨機不能更換的，接著婦人的火氣上來了，衝著店員罵道這是消費者權益什麼的，劈里啪啦鬧了很久，於是店長出面讓婦人更換一次。

沒想到還是沒抽到婦人想要的贈品，大概是因為其他結帳的顧客圍觀並指指點點，婦人才哼哼地表示算當她倒楣之類的，就拿著東西走去旁邊座位。

原本以為這樣就結束了，但是影片還有第二段。

東風看著第二個連結，上面寫著下集。

過了幾分鐘後，婦人拿著東西突然又轉回來，這次是不滿贈品上有小瑕疵。

雖然影片有點模糊，不過東風感覺得出來店員很崩潰。

然後又是一陣鬼打牆的消費者權益之吼，最後店長讓顧客再更換一次物品，但是並沒有就這樣結束，婦人開始強調店家浪費她的時間，應該要給予她合理的精神補償和道歉。

後面都是類似的糾纏，最後是婦人在吼不要拍了才中止。

這名婦人就是他們昨晚碰上的那個人。

往下拉，可以看見一些留言評論，有位不具名、自稱夢裡在那家店打工的工讀生說，他在作夢時其實有夢到這女的還到處客訴，甚至客訴到總公司去；總公司來了解狀況，後來這位客人又打電話來吵好幾次，單純就是夢到，與現實店家無關，請不要告他們店。

「我稍微搜尋過，這影片被不少人轉載，所以看了很多留言。」不知道爲什麼，虞因其實昨晚眞的累到很想倒下去大睡，但眼睛一閉上卻怎樣都無法入睡，整個人不斷毛骨悚然起來，完全無法休息，只好坐起來半打發時間地尋找相關網頁。「就很奇怪，那時候網路和電腦有點當當的，固定住沒辦法關閉或切換，剛好停在這則留言。」

打開虞因要他看的留言，相當短，上面寫著「我同事也是遇到這個女的，鬧到他辭職，和我們斷聯了。」

按著名字連結過去，是個女孩子的社群網頁，女孩約二十來歲，長得很清秀，個人頁面上的朋友分類有一區是工作的，已經被虞因過濾，裡面有一名同樣二十歲上下的青年，樣貌很普通，就是走在路上不會特別記住的那種類型，連過去對方的網頁，的確就是那名辭職的員工。

最近幾則動態可以看見對方遇到可惡的客人而辭職，心情稍微低落，大約四、五則上都寫著一、兩句喪氣話，例如「感覺有點難過」、「做得很洩氣」之類的簡單話語；下面有許多人留言安慰他，人緣似乎不錯，再來就沒有其他更新了。

快速地將頁面往下拉，發現還有不少平常生活記事，東風低頭思考了半晌，接著轉向虞因：「你去睡一下吧，醒來再談，讓我先看看。」

「好啊，那我先睡。」天亮之後那種毛骨悚然感就消失了，虞因其實累到快暴斃，所以才去浴室沖個澡紓解疲憊，現在似乎暫時平靜，他也樂得去瞇個覺。「桌上的東西都可以吃，你多吃點，冰箱也有紅茶。」

見對方回床上後根本就是一沾枕立即睡死，東風冷哼了聲，開始翻看手邊的網頁。

初看時會覺得就是一般人幫自己記錄的日常，生活瑣事和到處打卡之類的，過去很穩定幾乎每天都有更新，也和不少朋友同事有互動，乍看下並沒有什麼問題，是相當普通的生活日誌。

不過連續翻過幾則後，東風皺起眉，正想打個電話時才發現自己的手機昨天轉錄影後就忘了……他竟然忘了把手機收起來。

小心翼翼地從枕頭裡翻出已經沒電的手機插上充電器，在第一時間補充些許電源後先開機，打算撥通電話。

啓動手機後想到昨晚的影片八成佔了不少空間，開來看了半晌正打算刪除時，他卻停下動作。

雖然覺得虞因眞的有點可憐，但現在他也不得不把對方給叫醒了。

□

虞因掛著黑眼圈向同學借筆電回來時，大約是八點左右的時間。

「小鍾說裡面有灌你要的軟體，他本來是帶來要加減做一下畢展動畫的，你會用嗎？」虞因在旁邊坐下來，「不會就我來？」

「嗯。」將下載好的檔案交給虞因，東風和也已經清醒的聿拉了椅子等待。

打開檔案夾裡的其中一段影片後，虞因看見的是一整片黑，非常黑，所以他先將影片調亮處理，但是效果有限，還是看不太出來有什麼，正想詢問東風時，一旁的聿突然伸出手，把聲音調到最大……影片傳來的是某種撬門聲。

接著微光照進，虞因才看出來拍的竟然就是他們現在住的民宿房間。光是從窗外射進來的，很快地移開後，出現在門板處的下方縫隙。

從原本的疑惑直接變成驚嚇，虞因錯愕地看著畫面——因爲門縫下的光，反而可以稍微看到一些房內動靜。他可以看見東風在門邊……這絕對是昨晚他們還沒回來時發生的事，如果知道會發生這種事，他一定不管那個婦人馬上衝回來。

才想叫東風以後發生事情一定要和他們聯絡，虞因猛地發現影片裡不太對勁的地方，除了外面的撬門聲很不死心持續很久以外，他看見有個很模糊、像是腳般的輪廓出現在門內，竟然就在東風旁邊，而腳尖的方向是朝著屋內的，看起來就是有人以背頂在門板上的模樣。

「難怪我覺得很冷。」小偷是沒造成什麼困擾，東風昨晚感到比較煩的是讓人渾身刺痛的溫度。

「……」不知道他是不是在說笑，虞因深深思考對方有時候大概是真的想緩和一下氣氛，但又讓人不敢接話，總之他繼續盯著螢幕。

門前的輪廓只出現那麼幾秒，很快又消失在空氣裡。

撬門的人始終沒打開門，忙碌大半天沒有得到成果後便放棄，手電筒的光源在窗外晃動幾下，最後再度照進來時，他們很清楚在螢幕裡看見了窗戶上出現的黑色人影，整個趴在窗上，如果窗戶外沒有鐵窗該還算正常，可民宿窗外都有一層鐵窗，所以……

繼續看著，房裡的燈再度亮起，現在畫面就很清楚了，虞因將亮度調回正常。後面內容似乎就沒什麼，大致就是東風開了門，門外什麼也沒有，接著就拿本書本躺到床上翻閱，沒多久便沉沉睡去，手機畫面可以拍到他些許的頭髮和身體。

也不知該不該說東風膽子很大，竟然這樣還可以看書和睡覺，虞因有種被打敗的感覺。

「還沒完。」打斷虞因想表現出來的窘臉，東風看著影片中斷的畫面，「他自己關掉了。」

「咦？不是沒電？」看影片自行停止，虞因原本以為是錄到沒空間還是沒電了。

「不是，你不會看檔案夾裡有第二個檔案嗎。」東風橫過身，關了影片，讓虞因看見檔案夾裡第二個錄影檔，「手機自己關掉錄影，然後又錄別的。」

「你手機……」

「沒這功能，快放。」

第二個影片檔播放，房裡依舊接續上一段的樣子，只是時間已經過了不少。

不知道為什麼，虞因下意識先看了房內時鐘顯示的時間。

三點十分。

一隻蒼白濕潤的手進入了拍攝畫面，幽暗室內中，緩緩朝東風的方向張開受創嚴重、皮肉剝離且連指甲都已經不見的扭曲手指。

然後影片停止。

檔案夾裡沒有下一段影片。

「女人的手，這和你之前看到的是一樣的嗎？」身為事主的東風看著比他還震驚的虞因，淡淡開口問道：「我不認識這種樣子的手。」

「……不，火車上那個是男的。」如果小男孩沒誆他加上虞因自己沒看錯的話，那麼黑影是個男的這點應該沒問題。

「你怎麼看？」

原本以為東風是在問自己，虞因一時不知道要回答什麼，旁邊的聿突然動了下，才知道原來東風問的並不是他。

聿靠近螢幕，瞇起眼睛，很仔細地打量那隻手，「死後傷。」

「拿去。」隨手將桌上的本子往旁邊遞，東風很耐心地等對方把字寫好。

寫完後聿把本子拿給虞因，內容大致就是寫著對於手部的判斷，雖然受創很嚴重，但是可以判斷是入水後的碰撞傷與被生物啃食的傷口，沒有特別出現死前創傷的部分。

「啊啊……爬上來了……」虞因不用想也知道，八成是從海裡跟出來的東西，但是不解爲何會纏上他們。

如果只是看到就跟來，那大概一整片會踏平民宿吧，只有這個肯定有什麼特別原因。

雖說是特別原因，但不外乎又是冤死的吧……唉……

「說起來，你有沒有哪裡不舒服？」眼下虞因還擔心這件事，他自己遇過太多次了，曉得直接接觸不是好事。

「沒什麼感覺。」這點是眞的，東風還睡到整個精神飽滿，根本不知道發生過這些事。

總覺得哪裡奇怪但說不上來，虞因還是有些不放心，「我看你也戴著護身符吧。」

「不必，我不需要那些東西。」東風拒絕好意，態度強硬地說道：「別想小把戲，讓我翻臉沒好處。」

他說的沒錯，虞因只好打消半夜偷偷綁上去的念頭，「我先把這些傳回去給大爸吧，既然可能有屍體，和他們報備一下。」被虞夏知道後八成又會被狂罵，不過他也是千百個不願意，誰教阿飄滿天下，連爬都要爬出水，沒辦法。

「等等，我也有東西要給他們，你用我的帳號加密寄吧，要寄兩封。」

「加密？」虞因呆了呆。

「最好不要問太多。」

□

「夏，過來。」

剛踏進辦公室，虞夏就聽見自家兄弟的叫喚。

他可以感覺到局裡多了一些針對他們的奇怪目光，昨天帶回的「毒販們」和「少年少女們」引起很多人關注，光是他上頭就接了不少電話，某種壓力突然朝他們逼來。

黎子泓那邊顯然也差不多，近期這幾件表面看起來完全不相關，但就是他們刻意布置去踩的據點引來了不少關說和施壓，承受的壓力只會比他們多不會少，虞夏去找人時也留意到他幾個同事都刻意避開接觸以免惹禍上身。

……哼。

走到了虞佟的位子，他正在抄寫螢幕上的東西。

「給你。」虞佟撕下便條，直接將紙張遞給對方，「順便去玖深那邊一趟吧，他好像有事找你。」

虞夏看了眼，是串像手機的號碼，想想也沒多問，轉身便離開辦公室，往玖深那邊過去時正好和葉桓恩、王克柽兩人擦身而過。

「怎麼跑來了？」疑惑地看著應該已經半退休在家的王克柽，虞夏問道。

「克柽大哥那邊接到以前同事傳來的消息，對我們這邊有幫助，所以跑了一趟。」葉桓恩將手上的資料夾遞過去，「有空看看。」

「嗯。」

虞夏離開走廊，邊走邊翻手上的紙張，上面是一份記錄報告的影印，大致上是王克柽舊同事那邊追查槍枝組織的後續，其中追查出兩、三名青少年男女和他們這次抓到的特質相似，但並沒有實質證據；這份記錄後來因爲施壓而中斷，那幾個少年也被放走了，不過並沒有寫上是來自哪部分的壓力。

踏進玖深的工作室時，他順手把紙張軋進碎紙機裡，「如何？」

「那些幹部身上搜到的記憶卡內容還在破解。」玖深抓抓頭，說道：「我有請人幫忙試試一小部分……」

「說幾次不要找小孩子。」直接戳破對方想掩蓋的事，虞夏將手上的便條紙遞過去，「他把密碼寄給我哥了。」

「東風自己說可以的嘛……」他眞的忙不過來啊！玖深很悲苦地縮縮肩膀。他們做的事又不能告訴別人，這種要解密檔案的事情也不是他專精的部分，他根本是硬著頭皮咬牙上，而且還不能延遲工作上的部分，一邊做這些事情還要一邊騰出時間把正常進度做完，如果不是阿柳幫忙，他這次眞的會爆肝而亡！

「即使可以，也盡量不要讓他們牽扯進來。」雖然不知道那個很想和他們撇清關係的小孩爲何會答應幫玖深的忙，不過虞夏沒打算深思，「排除小伍爲了什麼你也知道。」

「……抱歉，不會再找他了。」玖深自我反省了半晌，也同意虞夏的話。離開電腦前，他直接拿出自己的私人筆電，下載東風寄過來的信件，對方把破解的東西加密放到雲端，密碼就寄到虞佟那邊。

雖說是密碼，但看起來根本是支不認識的手機號碼。

開啓檔案後，裡面是大量的資料，已經被重新整理過了。原先他們從幹部身上搜出來時不但有鎖密，打開後還全都是雜亂無章的數據，而且用了很多手段打亂，必須得試很多方法破解。因爲試到頭暈眼花了，玖深就嘗試詢問東風其中幾個，對方還滿爽快地叫他寄過去，才會請他幫忙。

現在看起來，那小孩眞的是厲害，短時間裡已經譯出不少有用資訊。

「原來是用暗碼寫的，這個不懂多國語言還眞難……哇，還有樂譜……」檢視著裡面提供的五花八門手法，玖深一整個暈，設計的人也太厲害了，怎麼會懂這麼多……

推開玖深的臉，虞夏仔細檢閱檔案。

這是一份交易資料，詳細記錄了購買下某處小坪數公寓和改裝的流程，使用的人頭、地點等等都非常清楚，看來應該是要向上呈交的報告。

順手打進了地址搜索，玖深發現這個地段還眞是黃金地段，不但鄰近商業區，而且周邊還有學區，非常繁榮熱鬧，地價很不便宜，交易記錄上寫明已全額付清，「口袋好深……」

「……」

那只代表這組織各方的勢力也不小。

虞夏記下了資訊，注意到還有附檔，「這個呢？」

「好像是影片檔。」

玖深很直接地點下去。

幾秒後，虞夏就被殺豬般的慘叫聲攻擊。

那個慘叫的傢伙「啊啊啊」地從他前面衝到後面，最後一頭撞在門上，發出巨響。

無視身後的持續慘號，虞夏瞇起眼睛看著最後定格的手，雖然畫質不好，但是隱約可以看見一小片皮肉完好的手腕上有細小的黑色痕跡。

轉過身踢開蜷在地上的傢伙，打開門，正好看見循聲而來的阿柳，對方顯然也愣了下，

「幫我檢查看看那個手上的痕跡是什麼。」虞夏總覺得那個可能是刺青的痕跡有點眼熟。

「咦？喔，好。」

□

對於這個無理可笑的世界，到底抱持怎樣的感覺。

說實在的，我已經不知道了。

每天從那些噁心的聲音中清醒……其實根本沒睡到什麼。

很難睡。

同事、朋友都說是神經過敏。

但是眞的很難睡。

一躺下去就聽到那種聲音。

我眞的累了。

「醒了嗎？」

中午過後，聽見後面傳來聲響，東風回過頭，看見補眠了幾個小時的兩兄弟一前一後爬起，氣色還是很差，不過至少有休息到。

「你還在看那個網站喔？」打了個哈欠，其實很想倒回去繼續睡的虞因只覺得全身痠痛，後頸緊繃到不行。

「嗯，我看他日記覺得怪怪的，對外發布的看起來很正常，都是吃喝玩樂，雖然他同事說他被弄到辭職，但公開的部分只講了一、兩句洩氣話，這種重心放在上面、記錄日記的人應該不止發布這些；所以登入這個帳號，果然發現裡面有不少隱藏發言。」進入對方的帳號後，東風發現裡頭有不少負面的情緒記錄，不過大多是只限本人觀看，不太向其他人開放。

「……我比較想知道爲什麼你有辦法登入他的帳號。」雖然頭很痛、腦袋很鈍，但虞因覺得自己聽到的是另一件比較可怕的事。

這是盜用吧！活生生的盜用帳號啊！完全犯法啊！

「從他所有日記裡推測出來的，不過也花了不少時間才找出來。」東風支著下頷，繼續翻看頁面。

「錯誤不是會被鎖嗎，你怎麼試啊。」虞因完全清醒了。

「我有說我試他的頁面帳號嗎？」接過事倒來的熱茶，東風說道：「我試的是其他的，這人日記上有信箱和一些常用購物、遊戲網頁，推測出幾個他可能會用的密碼後，我先試用在那些的登入頁面，發現他慣用相同的兩、三組密碼，最後開了信箱就差不多可以開他的個人頁面。」

那瞬間，虞因覺得自己以後要用不同的密碼比較安全。

「報警自便，請。」東風把手機丟給對方，繼續整理手邊已經下載好的記錄與留言。

「別鬧了，不要再做這種事情。」虞因將飛過來的手機放一邊，有點無語問蒼天的狀態，但是又不能眞的去報警。

「反正也不是第一次了。」專心在內容上，東風有點無意識地回答話語：「當年爲了要找證據做得更……」

「找證據？」虞因皺起眉。

東風猛一回神，立即停止話題站起身，「要給你們看的我已經編排好了，也複製一份在平板裡，你們兩個先看過吧。」

「等等……」

「我出去走走。」快速推開一邊的人，東風抽起外套就往門外走。

他的動作看起來實在太像匆促逃逸，讓虞因很想叫住對方，但是旁邊的手突然抓住他，然後搖搖頭。

「……也是，等他自己想說吧。」

如果現在的狀況可以讓他下意識講到以前的事，說不定很快地，他就會願意主動開口聊聊更多吧？

「那，我們就先從這些開始看吧。」

重新將注意力放到整理好的日記上，東風幫他們按照發布日期排列好了，剔除掉無關的打卡和玩樂記事後，就是撰寫者隱藏的心情。

4月6日

搬到新的租屋之後，總覺得好像有什麼聲音。

房東來看過，說沒有。

算了。

換到這裡，應該可以和以前做個了斷。

4月8日

開始找工作。

不過還是覺得房間很吵。

4月17日

果然，不管是哪種工作，還是一堆煩。

莫名其妙的人很多。

才第一天，就遇到個臭小鬼到處亂跑，當媽的放任小孩亂翻東西還在店裡鬼叫，撞倒貨架的東西就算了，你他媽的還有臉來罵我們店內擺設對兒童不友善？

更扯的是爲什麼店長要道歉？

4月18日

第二天，好吧我今天就不幹了。

搞什麼兩個酒鬼半夜在外面座椅喝酒，喝到吐得到處都是，沒道歉就算了，竟然還大小聲吆喝我們過去清。

他們付錢買酒，他們就是客人，我們做這些事情都是應該的。

三百給你們，你們可以自己把地板舔乾淨嗎？

結果因此被店長罵，店長說嘴巴閉緊點快點清。

4月20日

房間還是吵得要命。

但是朋友說沒聽到聲音。

房東說他不會因爲這樣降價。

幹，誰要你降價。

一碼歸一碼啊，有叫你降嗎？

……
………

5月6日

新工作一個禮拜，痟郎還是一堆。

幾個同事人都不錯，叫我不要強出頭，說做這種工作就是這樣，客人永遠是對的。

客人永遠是對的這種鬼話到底是誰說出來的啊？

爲什麼客人永遠對？

客人就不用講理嗎？

眞是奇怪了。

就因爲別人的小孩死不完沒關係嗎？

哪天死到你家小孩的時候，最好再來說客人永遠對。

5月8日

有病嗎？

拉花又不是服務項目，幫你們拉了還在那邊不斷靠么三杯要不一樣的、要我們重弄。
大老遠看別人食記跑來，不拉給你們會讓你們很失望？
這麼容易失望，你人生還過得下去嗎？
啊是是是，花錢的人都是對的。
幹，上次哪個白痴心血來潮拉給客人還被寫成食記的？
你知不知道今天客人多少晌亂增加工作！

5月9日

殺死增加額外拉花的人。
昨天那桌又來了，又在尖峰時段來了。
而且今天抱怨花樣一樣，沒誠意。
去你媽的誠意。
去你媽的跟老闆客訴。
去你媽的因爲我們是客人有花錢，所以按照他要的服務是應該的。

……
………

「雖然說都是抱怨，但是感覺也有道理。」

大致翻閱了一會兒，虞因開始覺得這人真的頗倒楣，隱藏日記大多都是在怒罵工作上的事情，幾乎沒兩天就抓狂一次，頻率不算低。

而且從簡短的記事裡也可以看得出來這人的脾氣可能也有點嗆，似乎很容易和客人起口角，底下有幾篇也說到同事好心勸止他云云，看來他自己也知道這問題。

稍微比對了那些沒隱藏的日常，雖然說脾氣有點不好，但是同事互動還滿頻繁的，看來應該和同事處得不錯，有衝突那幾天就會有人主動留言問他「還好吧？」之類的話語，可以看出擔心。

看來是性格上還算好相處的人，純抱怨的事情也都隱藏起來不影響周遭人。

看一看，虞因不覺得這人會和那個阿飄畫上等號……應該說很難看得出來他會死，意外嗎？還是根本就不是他？

按按有點痛的頭，連續看了一大堆文字後眼都花了，虞因也不確定是不是找對，畢竟這個網站也就是昨晚莫名停頓找到的。

「我先去弄點吃的，等等繼續看。」

□

「東風。」

在海浪聲中回過頭，他看見向振榮朝自己走來。

「阿關他們要去幾個景點繞繞，應該會往壽豐那邊走，你要去嗎？」向振榮拉著厚外套，踏在海水觸碰不到的地方，稍微放大聲音詢問：「還有位子？」

搖搖頭，放走紙船後，東風往上走了一小段，「你跟著出去沒關係嗎？」

「喔，沒啦，威鈞他們好像沒有要去太遠，阿關他們是要把馬子啦，所以要把車開出去會走遠點，威鈞那一群要在附近騎腳踏車的樣子，我兩種都免了。」向振榮聳聳肩，露出對兩種活動都興致缺缺的表情，「還在想要給我女朋友買個什麼，晚點再自己去買，威鈞他們太靠北，不想讓他們跟。」

「有女朋友幹嘛不帶來？」雖說是聯誼，不過東風多少有看出當中其實有一些是男女朋友關係，黏在一起與團體分開行動去兩人世界。

「三個月了，想說不要跟著跑比較好。」有點尷尬地笑了笑，向振榮豎起食指，「不要跟阿關他們講。」

「……」其實也不干他的事，東風決定假裝沒聽到。

看了眼附近的釣客，這幾天似乎都是那幾個人，也不知道在釣什麼。

「到時候請你吃喜酒。」搭住東風的肩膀，向振榮直接把人一轉，往民宿方向走去，「其實我滿喜歡流水席的，吃來吃去還是流水席好吃。」

「我不喜歡，還有請不要碰我。」揮開對方的手，東風皺起眉，正想說點什麼把人趕走，就看見孟品思拿著手機正好走出民宿大門，看見他們也頓了下腳步。

「給家裡打個電話，想問他們比較喜歡吃……啊！」原本笑笑迎來的孟品思發出驚呼，一個踉蹌差點摔倒在地。

快步扶住女孩，向振榮和東風同時看見地上的碎酒瓶，孟品思就是踩到這個差點摔倒。約兩、三支深色酒瓶破碎地躺在門前的草皮石磚裡，發出危險的光澤。

「奇怪，剛剛出來時沒這些啊？」盯著那些還散發著氣味的碎瓶看，向振榮疑惑地轉向東風，後者也搖頭，表示離開民宿時的確沒這些。

檢視了下，發現孟品思的腳踝有稍微割傷，向振榮乾脆把人一揹走回民宿，順便喊著是誰用那麼危險的東西惡作劇。

聞聲而出的幾個人紛紛搖頭，最後結論八成是釣客還是外面的人不小心丟的吧。

並沒有跟著走進民宿，東風稍微打量酒瓶碎散的樣子，四周並沒有摔毀的碰撞痕跡，碎片的噴濺位置也不多，與其說是不小心摔的，不如說是有人先摔好，才撒在這個地方。

……這些學生裡嗎？

快速記住那些碎片的樣子，在腦袋裡拼回原樣後，東風站起身讓開身體讓其他人清整，接著走到旁邊撥了手機。

「玖深哥嗎？是我，有收到我寄去的……嗯？沒有？」

聽著通話那端有點莫名的問句，他大致可以猜測到是什麼狀況，早知道就不用快捷，有點浪費錢。

「不，沒事，寄了一些土產，大概還沒到。」希望打開的人不要被嚇到就是。一邊收起手機，東風看著實驗室的號碼，接著將這支號碼標註起來。

「欸，阿因的朋友，你要不要先進去啊，他們剛剛有買吃的回來喔。」協助幾個女孩子打包了碎片，威鈞看著男孩站在旁側發愣，好心地說道：「這邊我們清一清……靠！」甩著被割傷的手，停止單方面開口的人改開始罵自己。

越過那幾個男女，東風走進民宿大門，才發現民宿庭院裡也起了小騷動，這騷動讓房間裡的虞因和聿紛紛跑出來。

「搞什麼啊。」扶孟品思走到旁邊，李臨玥瞪著大眼，語氣有點火，「這啥東西啊！」

跟著看過去，他們看見的是一地的小蟲子，正從桌面下不斷掉出來。

聿彎下腰，從桌下拔出被沾黏在那裡的塑膠袋，裡面還有半大包的麵包蟲，正在努力地從被咬破的洞口往外鑽，幾個女生一看見這畫面都尖叫著往後退。

「誰弄的啊，這也太過分了。」往下彎，看到還有另外幾包黏在其他桌子底下，向振榮和虞因幾個人分別拆掉這一大堆的蟲袋子。

「感覺很討厭耶……」

「眞是差勁。」

幾個女生玩興盡失，各自轉回自己的房間。

「算了，反正明天要繼續往下一個目標點出發，那個惡劣的傢伙最好不要再搞這種事情，當心被揪出來揍。」李臨玥冷哼幾聲，也跟著回房間去照顧孟品思了。

向振榮嘆了口氣，指揮周圍男生們把蟲處理掉，然後讓一些人去登記誰晚上要留下來烤肉吃飽睡覺、誰還是要按照計畫開車出去玩。

看向一直站在旁邊的東風，虞因正想問問對方的想法，就看到那人朝自己比了幾個手勢，面無表情走回房間了。

「什麼意思？」有點無言地轉往聿求助，虞因等了幾秒接過手機，在看過上面的文字後，眼神死一半——

「絕對不再和你們這票衰人出門。」

「不覺得這樣很有那哈懸疑的味道嗎。」

騷動過後，取消出游來串門子的阿關興致勃勃地抓著還在看記錄的虞因說道：「你想想，什麼殺人事件不是常常會出現莫名其妙的東西嗎！突如其來的酒瓶、被人設計的機關，還有海邊！民宿！團體旅行，看起來好像會出事——」

「出個屁啊，你們上次集體出事還不夠教訓嗎！」那次根本比現在還夠嗆夠嚴重，一個沒搞好根本今年都是這票人的忌日；虧這個白目阿關還沒學乖，竟然還在那邊講會出事。虞因眞想往對方臉上揍下去，看看他會不會比較清醒點。

「但是你不覺得遇到第二次很威嗎，也沒幾個大學生會連續兩次都中吧，這運氣可比買樂透……說到這個，不如我們晚上也出去買個樂透好了，中了對分。」對過去還滿樂觀，阿關覺得大難不死，必有後福，事情過後他可用那些事釣到不少妹，讓他得意不短的時間。

而且說眞的，他對那些事情還眞沒什麼印象，有一段很像鬼片的還記得，後面醒來就在醫院，中間的事情都是聽來的，現在想想還眞已經沒太多眞實感。

因為太超乎常理，反而更讓人容易刻意忘記。

「中個鬼。」

虞因罵了聲，眞想給對方來次徹底悲痛的教訓……不對，這個阿關根本已經遇到第三次了！

他猛然驚愕地想起這渾蛋在山貓事件時也中過一次啊！

這人到底為什麼都不會有心靈創傷啊！

握緊拳頭，虞因深深覺得自己這陣子的苦惱和糾結很冤枉，然後更想往旁邊的損友臉上揮兩拳。

「對了，你覺得佳佳如何？就是威鈞帶來那個女生，他們班上的，王慧佳。」看著窗外走動的女孩，阿關推推旁邊的友人，「我想追她，她好像對我也有意思，放電好幾次了。」

「不要浪費青春快去追吧。」盯著螢幕，已經有點放棄朋友的虞因語氣平板地開口：「祝你幸福。」

「靠！」往虞因後腦搧下去，阿關倒是眞的整整衣服，離開房間。

從窗戶看出去，虞因看見友人走上前向女孩子搭話，後者有些靦腆地跟著說說笑笑，兩人看起來還滿和諧的。

這樣也不錯啦。

把視線放回電腦上，讀了一大堆抱怨後，虞因逐漸看到接下來比較奇怪的部分。

7月23日

又是那個女人。

都已經躲到這種地方了，爲什麼會再遇到她？

媽的人生有沒有這麼倒楣？

而且她竟然不認識我？

笑死人了。

7月24日

又來了，還是一樣。

有幾毛錢有什麼了不起。

可惡，被搞到頭都痛了。

現在的人到底是怎麼了？全世界都他們對、他們最大嗎？不用管其他人的感想，只要他們爽就可以嗎？

那個女人那個女人那個女人——

「你看高興了嗎？」

愣了下，虞因看見原本不該有的字突然出現在螢幕上。

你看高興了嗎？

你看高興了嗎？

你看高興了嗎？

你看高興了嗎？

你看高興了嗎？

你看高興了嗎？

倏地站起身，他看著不斷複製跳動的字，快速地將螢幕刷滿。

還沒完全反應過來，正對面前的窗戶砰地聲，傳來相當大的聲響，讓他整個人震了下。

「喂，阿因，佳佳好像對你比較有興趣。」掛在窗戶鐵窗外的阿關正在敲玻璃。

那瞬間眞想掐死阿關……

低下頭，剛剛那些字已經不見了，但電腦似乎當機跳掉，卡死在一堆雜訊中。按了幾下重啓也不爲所動，虞因一邊想著可能會被小鍾揍死，一邊關掉電源，打算重弄看看。

「要出來嗎？」趴在外面的阿關顯然沒意識到裡面的問題，還興致勃勃地問。

讓開身體讓聿處理筆電，虞因打開門，然後往阿關的腦袋搧下去，「不要來亂吵，去去去！」

「靠，你就是這樣才把不到妹啦！」

把阿關趕走後，回過頭，正好看見東風濕淋淋地從浴室走出來。

「看得如何？」東風擦著頭髮，看了眼外頭轉暗的天色。

「電腦當掉，不過應該快看完了。」臭阿關打斷他之前，虞因的確已經剩下不到三分之一，也可以確切地感受到那人遇到很多不滿的事。

「聿的平板裡有備份，繼續看。」用下巴指指床上在充電的平板，東風走過去接手處理重新開機後整個畫面仍是雜訊的筆電。

「我想應該真的是我們要找的方向。」虞因靠過去床邊，拿起一樣當掉的平板，同樣無法再閱讀，看來是有什麼不想讓他們繼續看下去。

「不，不管是不是方向，最好都要看完，晚一點電腦還沒修好的話，我再默一份給你們，聿應該也還沒完全看完？」

偏過頭，一旁的聿比了個差一點點的手勢。

「那吃過飯再繼續吧。」看外面已經開始疊磚塊、架烤網了，虞因想著等等還要收拾行李，明天退房後要轉到下個住宿點。雖然遇到一些怪事，不過畢竟他們是團體出遊，不能耽誤到大家的腳步。

「我再出去走一下。」東風放下毛巾，想在離開前多去看那片海域兩眼，總覺得有點掛心，但也說不出個所以然。

或許應該說，他也做不了什麼……不知道該做什麼。

「啊等等。」拿下自己掛在旁邊的大外套和帽子、圍巾，虞因直接按著人幫他穿戴好，「頭都還沒乾，起碼穿多一點再出去。」

「煩死了！」

「不煩你不會穿啊！」

□

「老大。」

抓著資料，一打開門要找人的阿柳猛地看見虞夏走出電梯，正闔上手機，「怎了？」注意到對方的表情不太對，他疑惑地問道。

「沒，我的人回報說阿因那邊好像有學生在惡作劇，所以叫他多注意點。」剛剛接到定時報告，對方告知酒瓶與蟲的事件，虞夏嘖了聲，沒想到那群學生裡也有這種讓人不爽的傢伙，「結果？」

「正要拿去給你，這些。」將檔案夾交到對方手上，阿柳在兩人都進來後關上工作室的門，隔絕外頭的細碎聲響。「雖然不能百分之百肯定，但是分析出來後我覺得應該是刺青沒錯，而且還是我們都看過的痕跡。」因爲沒用的玖深完全不敢接近，他只好自己認分地做完。不過一比對確認後，阿柳的確有點成就感，而且還是會讓逃遠的玖深抱怨後悔很久的那種超大點成就感。

看著紙張上的圖片，虞夏挑起眉。

阿柳給他的是那些記號槍枝下面分離出的印記，這些他們已經看過無數次了，這個奇怪的組織持有的槍械都有這道痕跡。

翻開下一張，就是那隻手被分離出來的殘缺刺青，雖然只有三分之一，但卻和槍枝印記吻合。

「原本在想有沒有這麼巧，後來我問了嚴司，託他去找林梓蕾的屍體，結果對方身上也有這個刺青，在大腿上，不過她是刺了一隻蠍子隱藏起來，這個痕跡就在蠍子身體裡。」

「嗯，同組織有辨識記號也不是什麼新鮮事。」虞夏也辦過不少類似事件，爲了方便辨識，這些團體組織會有自己一套分辨方法，他之前就抓過一堆全部都穿舌環的。

「不不還有，後來阿司說，他覺得這陣子好像也有看過類似的圖，所以他去調他經手的檔案，結果發現宋傑瀚……還記得吧？強暴鄰居女學生那對夫婦中的丈夫，後來被殺了；那個宋傑瀚的腹部上也有，那時候負責的人以爲是沒刺完的刺青。接著我請朋友幫我確認了康哲昌身上也有。你不覺得，這些案子這幾個人，在你們開始追捕時，他們就動向明確地逃逸到某個定點，好像在等誰嗎？」加上飆車族那個金毛和林梓蕾，仔細一想，這些人的後續動作接近到近乎可怕。

被阿柳一說，虞夏皺起眉，他這陣子的確也覺得怪，但是沒想到會有這種聯繫。

那麼那時候宋傑瀚不惜把他推下去也不讓他找到硬碟，很可能並不是不想讓他找到那些欺負女孩子的證據，而是有讓他不得不動手的更重要原因。

記憶幾乎瞬間回到當時，站在身後的宋傑瀚凝視著他，等待將他推下去的那一刻。眼中的世界翻轉刹那，虞夏並沒有想到太多畫面，完全沒有死亡前的跑馬燈，就是非常本能地抓住唯一能抓到的東西，看見自己懸空在極高的半空中。

那個當下、以及後來，只加深了他們確定宋傑瀚是想擺脫強暴案的想法，電腦蒐證上也都朝這方面操作，沒有人去思考其他可能性。

之後他老婆投案，是因爲想切斷本身的後援管道，不讓警方發現嗎？

「重新檢驗宋傑瀚的所有電腦資料。」

馬上將這邊的發現回報給黎子泓和虞佟，也讓人去檢查那五個臭小鬼，虞夏一轉頭，看見阿柳的螢幕上還定格著那隻手，「我會找人過去民宿那邊了解狀況。」

「說到這個，我分析了這段影片，然後發現……」將影片聲音獨立拉出，因爲背景音原本就很安靜，所以阿柳並沒有花太多工夫在分離雜音上，「你聽聽看就知道了。」

將聲音轉大後，虞夏聽見某種很像在呻吟的聲音，但是是女人發出的，與躺在那邊的東風並不一致。一段時間過後，只聽見無意義的聲音持續著，之後影片中斷隨即消失。

就算僅是看著影片，還是讓人感受到當時房內的詭異氣氛。

「乍聽之下好像就是怪聲，但是恐怖片都會說這聲音有問題，所以我試著加速和拉慢看看，於是得到了加速正解。」把聲音速度快速壓縮後，阿柳重新播放聲音。

……走……走……快……走……走……走……

斷斷續續的，卻已能聽出語意。

虞夏瞇起眼睛，才剛開口想詢問，後面突然就傳來慘叫聲。

「嗚啊！你們還在弄這個不科學的東西喔！」

一推開門，本來想送個檔的玖深差點沒整隻往回彈。

「你剛……」

正想對同僚友善地說點什麼，音軌突然傳來極度刺耳、像是某種尖銳物品刮抓的聲音，持續了兩秒後，是女人淒厲強烈的尖叫聲。

立刻關掉音軌，虞夏快了一步把跟著慘叫摔倒的玖深踹進室內，然後甩上門，隔絕其他被聲音驚動跑出來的好奇目光。

「讓我出去讓我出去讓我出去讓我出去——」玖深整個撞在牆壁上，驚恐地縮進角落。

無視角落裡的抖抖抖，虞夏轉向顯然也被嚇一大跳的阿柳，「之前有這個聲音嗎？」

「沒、沒有。」還眞的被嚇得不輕，阿柳過了幾秒才回過神，「奇怪……」重新轉出音軌，不管是尖銳聲還是尖叫聲都已經不見了，就像是錯覺般，完全消失。

「嘖！」

□

「啊，你果然又在這邊。」

踢開海灘鞋，向振榮踩著有點讓人腳底泛疼的小石子，最後一腳踏進淺淺的海水裡，冰冷的感覺立即蔓延全身，帶來的手電筒光打在蹲著的人外套上，「我還以爲是阿因，想說小聿怎麼沒跟在旁邊。」那件外套有點顯目，乍看眞的會認錯人，尤其對方還穿戴了同一套帽子圍巾，「你眞的很喜歡來海邊耶。」

「哼。」東風放掉小船，拉緊外套起身，沒先把頭髮吹乾果然會冷，幸好這外套夠厚。

「快吃飯囉，弄完就進來吧，手電筒要給你嗎？」向振榮晃晃手上的光源，走近問道：「下午那件事，現在走路都要小心點，不然受傷就不好了。幸好品思只是小刮傷，消毒後上個藥就沒事。」

東風斜看了青年一眼，有點厭煩地開口：「不用，我記得路。」正確地說，他記得路上所有東西，只要變化不大，摸黑走回去都不是問題。

「就說是要給你看異物的，誰知道會不會又有個酒瓶，拿著吧。」對於那種太過自信的說法，向振榮完全不能放心，看著就順手幫對方整理有點鬆脫的圍巾。其實虞因扣掉和時下年輕人一樣喜歡打扮這點來說，選擇衣料品質的眼光還算不錯，就連針織圍巾摸起來都有點暖手。

「免，少煩我。」眞的很想現在搭車回去，東風覺得自己眞的受夠這些煩死人的團體生活，也不知道是第幾次後悔自己答應跟著來，這輩子不再幹第二次這種蠢事。

「唉唉，不然這樣好了，我十分鐘後再出來接你。」看對方的包裡沒船了，向振榮估計應該很快就要回民宿。

「……」

「沒講話就這樣囉。」

聽著青年離開海邊，邊發出喃喃自語的講話聲，邊找回夾腳拖，就這樣踏著石頭往回走。

拉鬆被纏得有些緊的圍巾，東風隱約聽見向振榮好像遇到了誰，傳來一些對話聲，大致可以分辨出應該是叫他回去幫忙準備烤肉那些事。

很快地，就只剩下海浪的聲音。

斜看了眼附近的釣客，東風嘆口氣。

他自己都不知道自己在做什麼。

往後退開兩步，隱約可以看見海水裡似乎有一絲一絲的東西，但是很快就被浪花打散，無從分辨。

轉換心情，思考那些日記吧。

如果他的判斷沒錯，那個女人很可能……

光源再度打來。

都還沒開口把又轉回來的向振榮再罵回去，東風突然感到脖子一緊，接著身後有人壓了上來，用力地絞緊圍巾，讓他連聲音都無法發出。

不是向振榮。

單手抓住繼續往頸子捲去的圍巾，他閉上眼睛用盡全身力氣向後一撞，連同自己將後面的陌生人一起撞到在石灘上，後者因爲撞擊，手電筒跟著鬆脫，撲通一聲直接滾入打上來的海浪裡，很快消失了最後的光源。

得到瞬間的空氣後，東風連忙掙扎想爬起身，但是黑暗中對方的動作比他更快，在把手掌伸進圍巾裡時，圍巾再次被人狠狠抓住、向後拉扯，劇烈的痛感同時從手指與脖子傳來。

可以感覺到陌生人由後噴散出的暖熱呼吸，在冰冷的海風中竟然可笑地帶有溫度。

「你就，去怪你爸太多事，他們需要一點教訓。」

沒聽過的聲音。

掙扎時踢到某種東西，線……釣具嗎？

開始喪失空氣時，向後抓住對方臉部的單手也無力地下墜。

圍巾一鬆，他也隨之摔進浪花裡，寒冽的海浪覆上他的身體，然後退去，再度打上來時，淹沒了咳嗽聲。

陌生人蹲在他旁邊，抓住他的頭，按進水中。

很冷。

非常冷。

吸入海水的外套就像一層冰霜包裹著他。

但是他……已經習慣這種感覺很久，即使水再怎麼冷，都比不上曾經消失的、屬於人類的那種溫暖時的冰冷。

海浪再度退去，對方停下手，任由他大口吸取空氣。

「也差不多了。」

「啊……也是……」他張開口，吸入極寒的冷氣，發出的聲音沙啞得連自己都不認識。

「你……」

下一秒，東風抓住身邊的人石頭，使盡力氣向朝自己過來的面孔輪廓用力一敲，聽見對方發出了哀號聲。

他力氣不夠。

第二下、第三下都無法讓對方失去行動力。

雕刻時他也抱怨過這點，但他又不想吃東西，只能補足更多刀，小心仔細地做出自己想要的效果。

「幹！」

果不其然被重重甩出去，根本來不及逃走求救，陌生人再度絞緊他忘記先拿下的圍巾。

小心點，這裡深淺落差很大，不要蹲太出去。

幸好，他並不是那種很渴望活下去的人。

被推進水中，黑暗覆蓋上來時，他只想到這些。

之後，就沒了。

□

「電話。」

對著手邊衣物在發呆，虞因突然被貼上來的冰冷手機嚇一跳。

也不知道自己幹嘛摺衣服摺到出神，虞因有點尷尬地笑了笑，接過聿遞來的手機，

「咦？二爸……我和小聿都沒事啊，同學也沒事，現在都在民宿裡……有的人出去逛夜市啦……」對方的問句稍顯急促，讓他覺得有點怪異，「怎麼了？」

電話那端的虞夏確認過幾句問話，大概了解這邊的部分狀況後，又快速掛斷通話。

「奇怪……」

虞因看著手機，不知道他家二爸爲什麼突然打過來問這些事情，正在思考著要不要回撥問個清楚，房門就傳來一連串的敲叩聲。

「阿因！」

打開門，是向振榮，表情有點緊張，「東風有沒有回來？」

「咦？他不是去外面走走……？」

「不，我和他約好十分鐘去海邊帶他回來，但是沒看到人，我找遍附近，都沒人，附近釣客也說沒看到有人走過去，我以爲他不鳥我先回來。」準時出去抓人的向振榮撲了個空，原本以爲對方放他鴿子，越找卻越覺得不對，在庭院準備的其他同學也說沒看見東風進來，還有人很訝異地說以爲出去的是虞因，因爲只看見他的外套從小門轉出去，沒想太多。

「等等我聯絡看看……」手機並沒有接通，虞因和其他兩人看見的是躺在床邊、被主人留下來充電的手機正不斷作響。

極度不安的感覺瞬間擴大，虞因和向振榮一一敲開其他房間的門，就是沒人看見東風；同樣發現不對勁，阿關和李臨玥很快地各自帶幾個人開車出去外面找。

「他最後是在海邊嗎？」

抓起手電筒，虞因和威鈞幾個人跑上海灘，向振榮則是往附近的海巡尋求幫忙。

幾十個人在小村裡裡外外跑過一圈，沿海也找了很遠，依舊沒看見任何人影；住在附近的民宿主人也請託居民幫忙到處找找，甚至小漁船都開出去了，一時之間海岸邊各種光芒不斷交錯著。

站在無數的石頭上，虞因完全不解到底發生了什麼事。

打上來的海水退下後，他再度看見腳邊纏繞了一絲絲的頭髮。

「我現在沒空理你們。」

水下的眼睛直直地看著他，在手電筒光折射下，發出了詭異的青色光芒，海水一打，不管是頭髮或是水底的視線，都再度跟著消失。

站在身邊的聿拉拉他，一臉擔心。

「沒事、沒……」想安慰對方，不過自己開口後聲音卻小得讓海浪聲覆蓋，虞因自己都說服不了自己。

「沒事的。」淡淡地開口，聿拍拍他的肩膀，然後抬起手電筒，繼續往前尋找。

看著聿的背影，虞因抹了把臉，猛一轉頭時，看見黑色的海上出現黑色的黑影，如同之前般冷冷地盯著他。

如果是這個人，如果他們沒有猜錯，那麼飽受工作上困擾的人果然已經成爲另外一種東西。

在閱讀那些日記時，他得知對方的名字。

「魏啓信。」

黑色的形體緩緩淡化，取而代之的，是稍微模糊的顏色。

出現在那裡的蒼白面孔就是不久之前，在個人網頁上看見的照片中的面孔。

相片上，他明明還有著很快樂的笑容。

「不知道你在幹嘛，現在也沒空理你的惡作劇，你要找『那個人』就去，但是就算你眞的對她怎樣了，也不可能讓你現在變得更好。」

不曉得對方到底懂不懂他的意思，總之青年就是站在那裡，沒有先前那種怒意，反而抬起手，指向海岸另一個方向。

「什……」

想再追問時，對方已經消失。

往那個方位照亮過去，海浪捲上許多細小黑色的物體，接著又隨水退回。

留在無數小石頭中間的是一團破爛的紙張，仔細一看還是亮黃色的，顯然還沒泡水太久，貌似被摺成某種樣式。

再度襲上的海浪纏繞住他的腳，被送至腳踝處的是許多頭髮，以及泡壞的小紙船。

撿起了小船，虞因幾乎是下意識拔腿向前跑。

一波波海水帶上來的是一艘接著一艘、不同顏色的紙船。有的已經看不出原本的樣貌變成一張爛紙，有的還維持著完整的形狀；海面下的手再度推上來天藍色的船隻，擱淺在圓圓的小石頭之中。

爲什麼會這麼多？

虞因沒有多加思考，但是隱約知道答案。

不小心摔倒時，看見更多彩色的小船隨著浪潮登上岸，像是找到港口般停泊在他身邊，在那些紙船之間，他看見一隻被沖上來的拖鞋。

接著，是更多紙船。

他幾乎可以看見海下的視線就聚集在不遠處。

也不知道自己是跑到哪　個區域，黑暗中看見一處淺灘上漂滿一層小紙船，隨著不時拍打上來的浪花擺動著。

然後，他看見自己的圍巾。

一小片色彩浮在大量紙船裡，更多的部分則沒入水中。

「阿因！怎麼了？」

發現動靜而跟過來的幾個人喊道，聲音卻異常遙遠。

沒空回應其他人，虞因跳下水，一把扯住圍巾，同時也發現這邊的水深幾乎到大腿處。

他推開那些小船，用力拉起被覆蓋在底下的人。

「叫救護車！」衝在前面的向振榮立刻脫下外套，幫虞因把人拉上來，搬到石灘上後抽走圍巾，以乾外套包裹住人後開始急救。

「快點來幫忙。」分出了人手和向振榮交替，李臨玥與阿關指揮著另外一半的人去拿取保暖物品、引導救護人員。

混亂間，虞因瞄到循聲而來的釣客們，其中一個後面突然出現了好幾條黑色影子，大束大東的頭髮纏繞在他脖子上。「喂、那個人——」

「誰！」

發現有人一被喊就往後跑開，阿關反應很快地撲上去，直接把那名釣客撲倒在地。「你有問題嗎你！」

被按在石頭上的釣客都還沒開口，就先被另一道聲音打斷，「快讓開！救護車來了！」

剎那間的走神，阿關無預警被對方給撞開。

凶惡的釣客朝他罵句三字經就跑了。

其實也不知道自己抓那個人幹嘛，阿關只好先讓開身讓其他人通過。

接下來的事情很混亂，大部分學生都跟著救護人員跑離海灘，大量光源也幫忙著一路照了上去。

「走吧。」拉住虞因，聿催促著。

一陣大浪打來。

「等等。」雖然也很想快點跟上去，但是虞因剛剛在海水下還摸到另外一種東西。

捲起的浪濤帶走了大量紙船，在手電筒光照射下，露出了另一個……應該說是另外一具屍體，長髮漂浮在波動的水面上，有的纏繞住腐爛的頸項，有的捲入了失去眼睛的眼窩中。

還留在旁邊的幾名女學生發出尖叫。

虞因拿出手機，卻突然被一旁的人抽走。轉過頭，看見臉色同樣不怎麼好看的李臨玥推了他一把。

「我報警，你快去。」

恍惚之際，似乎在黑暗中看見很多陌生的面孔。

明明在全然的黑裡應該不會看到什麼，但是那些蒼白的臉卻顯目到令人印象深刻。

一個完全沒見過的女人指向他。

……這次……先還你……

猛然一個驚醒，虞因才意識到自己不知不覺打了個盹。

不遠處的時鐘指針才移動約五分鐘左右時間的距離。

「你要不要先回去休息一下？」坐在一旁的向振榮將手上的咖啡杯遞過去，問道：「現在狀況穩定下來，沒生命危險，就不用太擔心了。」

將東風送醫後，也不知道是幸還是不幸，意外地竟然沒有喝進太多海水，就是有些失溫和外傷，讓醫生也感到很驚訝，搞不懂爲什麼會這樣，總之通知家屬後，先留置觀察等他恢復意識。

幾個跟來的學生確定沒事後，大部分人就先讓威鈞載回去休息了，同時也討論明天有誰要留下、誰要繼續行程。

「不，沒關係。」喝了口已經冰冷的飲料讓自己提神，虞因抹抹臉，在他旁邊的聿正翻閱著手上不知道哪來的雜誌。

「我有聯絡民宿，好在目前住宿的人不算多，所以老闆幫我們整理了下，騰出房間可以讓我們續住，如果留下的人不多，應該是沒問題。」接回咖啡杯，向振榮拉拉領子，「奇怪，總覺得這裡面很熱。」

「啊啊……是火災的吧。」看著蹲在椅子旁、面目全非的模糊人體，虞因大概知道那股熱是怎麼回事。

「什麼火災？」向振榮愣了下。

「沒，你聽錯了。」也懶得解釋，看著那個東西慢慢沿著漆黑的走廊離開，虞因才收回視線，「我去洗個臉。」

虞因放下手邊的外套，看著黑暗走廊中閃爍的指示燈，轉過了又深又長的走廊。

不知不覺，周邊的聲音都消失了，除了依舊跳動的燈光聲響與自己的腳步聲，幾乎沒有其他聲音。

走著走著，沒遇上其他人，深長的走道上布滿了緊閉的病房和病房房號。

一一看著那些多達數百的號碼，最後他在一扇門前自然而然地停下步伐。推開門時，裡面傳來某種腐敗的味道。

眼前所見是很平常的套房，收整得整整齊齊的室內，桌上的茶杯像是剛泡好茶水般冒著白色熱煙。

低下頭，看見被門推開的幾件衣服。

然後他關上門。

回過身時，剛剛背後的對向房門已經打開。

那是他們現在住宿的房間。

夜晚中，亮著一小盞鵝黃色燈光的民宿房間看起來相當溫暖，而坐在窗邊的是個看不見面孔的女人。

她輕輕一偏頭，包覆著長髮的頭顱叩咚一聲撞在窗戶上。

門關上前，他瞥見了放在櫃上的時鐘，正指著三點十分。

接著，不知哪來的水直接倒在他臉上。

「哪有人睡得比傷患還熟的？」

猛地睜開眼睛，虞因正好看見病床上的人將杯子放回去的那幕。

因爲落海掙扎時不斷抓住石灘，所以十指與手掌受傷得頗嚴重，全都讓醫護人員仔仔細細地包紮妥當，看來有好一陣子不能做那些精細的雕工。

「……又睡著了嗎？」

揉揉額頭，他打個哈欠，看見病房外的天空非常湛藍，乾淨得什麼也沒有。

「不，你沒有睡著啊。」

坐在床上的人指向了櫃子上的時鐘，指針指著三點十分。

因爲你根本還沒醒來。

□

頓了下，虞因睜開眼睛。

周圍充滿吵雜的人聲，雖然這樣說有點悲傷，但是他已經很習慣這些聲音、還有醫院特有的氣味。

「給你們。」

從外面回來的向振榮將裝早餐的提袋遞過去，「都一晚沒睡了，先吃個飽再說。」讓旁邊的聿先吃，虞因打開手機，看著李臨玥傳來的訊息。

民宿那邊有些人已經準備離開繼續下個行程了，留下的大概就幾個熟人，現在也正配合警察在說明發現那具屍體時的事。

其實也沒什麼好說的，如果警察不追問紙船的事，自己應該也看得出來那具已經爛得差不多的屍體是被海水打上來的，與他們這些外地來訪的人無關。

不過警察應該還是會問紙船的事情吧……哈哈……

他都不知道東風放了那麼多紙船。

看著手邊已經有點爛成一團的色紙，上面明顯有些燒灼過的痕跡，這是拉人時沾上的，問了向振榮才知道他們在市區書局買了不少。

其實他大可老實和他講，不用自己一個人做這些事情。

那些數量多到……應該是閒暇時間都在摺吧？

還帶著冰冷濕潤的色紙躺在掌心上，虞因心中相當複雜。

方苡薰告訴他的方式，連他都不知道用途，只想著找時間再弄弄、先不影響同學們的旅程，沒想到東風對這件事比他還要上心。

「不用太擔心，醫生不是說已經脫離險境，等他醒來再做一系列觀察就好了嗎。」向振榮咬了口漢堡，有點意外地翻翻麵包，發現裡面夾的是蘋果片，繼續啃，「民宿那邊的事情臨玥他們會處理。」

「嗯，我知道。」並不擔心那邊的事，虞因知道那個不良女人會弄好。他就是覺得，好好一趟旅遊……

坐在旁邊的聿將奶茶放在他手上，低聲地開口：「跟你沒關係。」

摸摸聿的頭，虞因默默喝起溫熱的飲料，然後思考一連串詭異夢境。

對方似乎一直傳達三點十分這個時間，但是東風出事並不是在這個時間，這幾天的三點十分也沒其他動靜……難道是那個女人的死亡時間嗎？

感覺應該是有這可能。

正在猜測時，一名護士朝他們走過來，「你們那位同學清醒了，他媽媽搭早上的飛機過來，應該很快會到，你們要先進去看看嗎？」

跟著護士，護士向他們解釋因爲家屬有安排，所以是在特別照護的病房裡，這讓虞因想起來他家大爸和玖深稍微向他提過東風的出身，只是沒想到他爸媽可以立刻安排成這樣。

護士幫他們打開房門時，第一眼看見的就是偌大的個人病房，踏入後看見拉開窗簾的窗戶，外面的天空非常湛藍，乾淨得幾乎一片雲都沒有。

這巧合讓虞因瞬間冒出不少雞皮疙瘩。

「這是褪換下來的衣物。」將手上一大包帶著水氣的東西交給向振榮後，護士簡單地告訴他們一些注意事項，接著便走到旁邊調整點滴和儀器。

原本以爲東風應該很虛弱地躺在床上，沒想到他根本已經半坐起來，而且因爲平常臉色已經很蒼白，現在乍看之下……好像也沒太大變化，就是精神很差，雙手纏滿繃帶，臉頰也貼著一大塊紗布，底下有道不短的傷痕，似乎是在海裡撞到異物弄傷的。

虞因記得把他從海水裡拉出來時，那道傷口還不斷冒血，當時急救也顧不了那麼多，現在看著治療範圍，才發現傷口有那麼大。「還好吧？」

無聲地抬起手，東風帶著半抗議的視線。

「……最近你還是乖乖休養吧，雖刻啥的等痊癒再做啊。」忽略掉那種很明顯在講「你看跟你們出來就有事」的眼神，虞因咳了聲，有點不自在又抱歉地開口：「幸好命大沒事，不過你怎麼會掉進海裡？」

偏著頭思考半晌，東風才緩緩開口：「不知道。」

「不知道？」因爲他的態度太理所當然了，站在一旁的向振榮也不由得驚訝問道：「什麼意思？」

「沒印象，想不起來，總結就是不知道，還要解釋嗎？」用著虛弱的聲音，有點不客氣地回應對方，東風冷哼了聲。

「可能是落海時受到驚嚇，短暫失去當時記憶是正常的，多休息休息，說不定很快就會想起來。」護士好心地這樣說著，就先離開房間忙其他事務了。

看東風好像隨時會倒下去，虞因只好先不追問，就是有點在意對方脖子上的瘀傷痕跡，看起來應該是圍巾勒的，可能是落海時圍巾纏繞得太緊弄傷了，但又好像哪裡不太對勁。

「借看看。」注意到虞因的視線，聿偏過身，撥開東風頸側的頭髮，下一秒就被對方給揮開手。

「不要碰我。」警告性地狠瞪過去，東風人一倒，被子往頭上一拉，拒絕再被騷擾。

看這樣子應該什麼都問不出來，虞因幾個人只好先退出房間，讓對方好好休息，等狀況好些再說。

關上門後，回過頭，虞因正好看見聿和向振榮要過那包還濕沉沉的衣物，裡面裝的還有自己借出的大外套和圍巾。

取出圍巾和外套看了半晌，聿才把東西塞回袋子。

「有問題嗎？」虞因看對方的樣子似乎有什麼問題，不過後者搖搖頭，沒表示。

之後東風的母親趕來，打過招呼後，在向振榮的勸說下，他們暫時先回到民宿整理。雖然不放心東風，但民宿那邊還是得回去一趟，所以就順意離開了。

走之前，虞因把自己的手機號碼留給對方，而婦人直接給了他張紙質高級的名片。

接著向振榮把他們帶回民宿。

□

「你們的房間還是在同一間喔。」

回到民宿後，安排好後續處理的李臨玥這樣說道：「品思、佳佳、紫歆和我同一間，就還是你們隔壁；振榮、阿關、威鈞和小鍾他們是對面那間。我們延住兩天，老闆說過兩天有其他預訂的人，有需要她可以幫我們安排附近的民宿，也很便宜。」

雖然李臨玥在電話裡說留下來的人不多，但算起來差不多也將近一半了，留著的大多都是熟人，于紫歆則是這次和小鍾有點看對眼、正在試著了解彼此的同校不同系同學。

「損失的住宿費用我出……」

「不用啦，大家都同意自己負擔，我們沒有勉強留誰，其他要繼續玩的人也都去啦。」打斷虞因的話，李臨玥比了記拇指：「算是還你之前特地下來幫忙的人情，ＯＫ？」

知道對方是刻意這樣說不讓他再提錢的事，虞因只好點點頭，「謝啦。」

「三八。」往友人頭上拍下去，李臨玥將手上在附近買的甜點遞給聿，「是說，昨天警察把那具屍體拖起來後，阿關他們說是個女的。」基於人對屍體還是有噁心排斥的反應，她當然不可能很仔細地慢慢欣賞，那些男生大著膽子去看，有幾個人還被噁心到吐了。

「我想也是。」搭著船上來的顯然不只活人，還有各式各樣擁有自己目標的存在。虞因揉著太陽穴，覺得陣陣發痛。

「那……」

一陣敲門聲打斷李臨玥的話。

「阿因，出來一下。」門板後是阿關的聲音，開了門，對方用很微妙的表情看著他們，「有人。」

順著看過去，虞因馬上知道阿關那表情是怎麼來的。

之前那對母子檔中的小男生正站在民宿庭院裡，神情相當緊張，雙手用力地絞緊衣襬，像是誤闖禁地的小動物般極度不安。

「你媽媽呢？」

走近時，蹲在旁邊的盍品思止在詢問男孩，但是小男生咬緊嘴唇，連個字都不說，看見虞因幾個人時突然露出鬆了口氣的表情，小跑步地衝上去，一把抓住阿關的褲子。

「你老母咧？」阿關拎起小孩，直接把人放在桌子上，以便詢問。

「旅館裡。」似乎對阿關比較有好感，小男孩很快地清晰回答。

「那你跑來這裡幹嘛，你不是住很遠嗎？」被眾人用視線逼迫，阿關只好很幹地代替所有人繼續問話。

「大哥哥帶我來的，走走很快。」

「啥大哥哥？」阿關皺起眉。

指向虞因，小男孩開口：「哥哥知道。」

「先不要深究什麼大哥哥。」虞因揮揮手，讓阿關跳過這題。

「靠！」大概也知道那個不要深究是什麼東西，阿關罵了聲，繼續轉向小男孩，「來這裡幹嘛？」

男孩歪著小腦袋，很認眞地想著，露出疑惑、不知道該怎麼表示的表情。

拍拍阿關的肩膀讓他移開，已經看見那層黑色陰影再度浮出來，虞因按著小男孩的肩膀，沉下語氣：「你想幹什麼？魏啓信。」

「咦？他不是叫……」

「噓！」把阿關拉開，李臨玥豎起手指。

「魏啓信，別裝了，我看得見。」

似乎對虞因的話語有所反應，原本低垂著頭的男孩緩緩抬起臉，蒼白的面孔上有著紅色的眼睛，與剛剛截然不同的猙獰表情，當場讓幾個女生嚇得連連後退。

燒死她。

無聲地開口，男孩露出了陰沉的冷笑。

「……快點打電話給那間旅館！」虞因轉開頭，看見向振榮已經在撥手機了，接著再回過視線時，小男孩倏地白眼一翻，無力地倒在桌面上。

雖然理應先照顧小孩，但剛剛男孩詭異的表現讓幾個女孩子有點怕怕的不敢接近，最後李臨玥乾脆先把小孩抱進房裡休息。

通報旅館後，又過了半晌，向振榮重新撥打，對方也回應了他後續處理。

「雖然不是很相信，不過旅館有派人上去，結果發現那個女的房間好像電線走火，引燃地毯。因爲在熟睡中她沒有發現，房間的警報器似乎故障了也沒有通報；而且那女的還掛上門鏈，旅館人員在外面叫了半天都沒醒，最後破門才衝進去滅火。」向振榮收起手機，這樣告訴他們，「人應該沒事，不過還是有送醫。」

「哇塞。」阿關發出語意不明的驚嘆。

「先報警告訴他們小孩在這邊吧。」問了醫院名稱，果然和東風不同間。虞因稍微查過距離，得特別繞過去才行。

「那邊晚點再去吧，先把東風的東西整理過去再說。」對婦人有點不以爲然，向振榮聳聳肩。

「不然東風那邊我們也可以跑一趟啊。」第一次遇到詭異狀況，威鈞顯得有點興致勃勃，「反正我們也沒其他事了。」

「謝了，不過東風還滿排斥人的，我們過去就好。」威鈞他們過去可能真的會被轟出來，虞因很有這種認知，而且絕對是超級不客氣的那種轟。說起來，東風反而對向振榮還比較好，眞讓人有點不爽。

「不然我們去那女的那裡吧，順便把死小孩帶回去。」阿關如此提議，「其他人就放生囉，看要幹嘛就幹嘛去，最好回來時有滿漢全席～」

「去你的阿關！」

無視被其他人掐的阿關，虞因和聿直接返回房間整理東西。

邊整理著衣物，他下意識地看向櫃子上的時鐘，就和第一天到的時候看見的相同，只是很普通的仿古造型時鐘，並沒有其他特殊之處。

目前正常推進的時鐘靜靜地執行著自己不斷重複的工作。

那個女人當時坐在窗邊，面向櫃子。

半試探性地坐到了窗旁的單人椅座上，虞因試圖想發現點什麼，不過完全沒個頭緒，一邊的聿還用很奇怪的目光看著他。

「……唉。」

沒東西。

放鬆時，他很自然地頭一偏，叩咚撞在窗戶玻璃上。

就在那瞬間，他眼尾瞥見了玻璃另一端有個黑影直接貼在他頭側，灰白色的眼睛瞪大了看向他這邊。

虞因被嚇了一大跳，直覺就想彈起，但衣服後面就像有人突然反向用力一扯，讓他重摔回座位上。

被驚動的聿立即衝過來，把人從椅子上拉開。

因爲聿發狠的力量頗大，於是兩人直接踉蹌摔倒，幾乎同時，虞因聽見很大的碰撞聲響，那張有點重量的藤編椅被前後一拉一扯，跟著撞翻了。

「抱歉抱歉，有沒有受傷？」翻開身體，有點抱歉地看著被自己當肉墊的聿，虞因連忙起身。

聿搖搖頭，拍拍壓縐的衣服。

虞因邊拉起人，回過頭正要把椅子扶正時，突然摸到椅腳邊有什麼黏黏的東西，仔細一看，是一小塊口香糖，反射性不快想要罵點什麼，就看見貼在靠近椅座底部的另外半塊口香糖上似乎黏著點什麼東西。

拔下來仔細一看，似乎是張很小的ＴＦ卡，幾乎都被口香糖蓋住了，只露出一點小小的角，沒注意看還真不會發現。

轉過頭都還沒講什麼，虞因發現夾鏈袋已經遞到他旁邊，也只好無言地把口香糖和記憶卡一起塞進去，隨手放進腰包裡，打算交回去給認識的人處理。

處理好一切後，站起身，突然看見窗戶上浮現了層水氣，凝結成顆的水珠拉出長線落下，停滯在窗框邊緣。

「……先這樣吧。」

□

再度離開民宿時，佳佳追了上來，遞了包吃的讓他們帶著。

之後繼續很義氣當司機的向振榮帶著人回到醫院。

不過這次他們直接吃了記閉門羹，還沒進到房間裡，就先遇到東風的母親，婦人露出很美麗的微笑告訴他們裡面的傷患正在熟睡，請儘可能不要打擾。

於是，虞因只好將整理好的行李交給婦人。

「對了，這是東風要給你的。」從自己的公事包中拿出了一包封好的牛皮紙袋，婦人有此疑惑：「你們離開之後他向我要了紙寫的，還不准我看呢，這孩子……」

接過紙袋，封口被黏死，虞因一時也不知道對方要給他什麼，但是看得出來很慎重，並不想讓其他人打開。

「東風這邊我有請人幫忙看護，同學們就不用急著一直跑過來，讓他多休息吧。」

雖然還是笑得很親切，但是虞因很明顯可以感覺到婦人透出不太歡迎的意味……這也難怪，把人家小孩帶出來，結果差點消失在海底，估計沒幾個家長會高興得起來。

明白地說，他媽媽沒揍他們算不錯了。

「抱歉……」

看來只好先離開這邊，以免惹家屬不快。

正想和向振榮打招呼，一旁的聿突然拉住他的衣服，低頭開口：「我留下，可以嗎？」

「咦？這個……」虞因有點意外，沒想到聿會主動提出這種要求，想想只好硬著頭皮再度對婦人提出請求，「雖然有點不好意思，但是我弟弟可以先暫時留在這邊嗎？等東風醒之後讓他們講個話就好了，不會給您添麻煩。」

果然話剛講完，就發現婦人隱約露出有點困擾的神情，不過很快就讓笑容給蓋過去。

「好吧，不介意的話，晚上人家可以一起吃個晚餐。」

知道只是客套話，虞因只好再多感謝兩句，意思意思地和聿說見過人就打電話給他們，隨後先離開了。

在走廊底販賣機買飲料的向振榮很意外會這麼快，聽完原因也沒多說什麼，就兩人一起先走。

確認兩人離開走廊後，婦人才嘆了口氣。

「唉唉眞是的，還眞的讓東風這傻孩子說中了。」一反剛才親切微笑的表情，婦人有點無奈地看著留在原地的聿，直搖頭，「算了，你進去吧，我去附近買些吃的給東風，就先麻煩你幫忙看顧吧。」

聿點點頭，接過行李，推開房門。

果然和他預想的差不多，病房裡的東風根本沒有在睡，而是拿著可能是他母親的手機不知道和誰通聯訊息，一看到他進門，就先放下手機。

放置好行李，聿直接在病床邊坐下。

摳著手上的綳帶，東風嘖了聲，「早知道你不會死心。」

聿抬起手，想了想，放下後緩緩張開口：「是誰？」

他確認過脖子上的痕跡，那是被外力勒緊造成的，力道方向是正後方，與落海被絞緊的模樣不同。外套不明顯，但針織圍巾的兩端卻有被用力拉扯後變得鬆脫的破壞跡象，聿很確定盧因在借出圍巾時是完好無損的；這些全都顯示躺在病床上的人並不是自己不小心落海，很可能是因為遭到攻擊、或者根本是攻擊者把他送進海中。

「這我就不知道了，都說沒印象，八成是天黑腳一滑就掉下去吧。」無聊地看著手指，東風很隨意地回答。

聿瞇起眼睛，從自己所在的位置看過去，看見緊閉的門扉下方細縫處出現了有人站立的影子。

「這麼不小心？」

他邊說著，將雙手放在床鋪上，慢慢地比劃手指。

攻擊你的是誰？

「誰知道漲潮會漲那麼快。」

某個釣客。

「那是你的問題，自己要知道。」

爲什麼是你？

「這我可不知道，誰會去注意。」

東風勾起冰冷的笑，沒有用手語回應。

盯著對方半晌，聿猛地站起身，走到門邊衣櫃作勢要將行李中的衣物擺放進去，也看見了門下的影子晃到一邊，看似要避開。

不知道、不記得、否認、沒印象……但是卻告訴他是釣客。

他轉過身，有點怒意地看著東風，無聲地開口——

你根本完全記得。

面無表情地看著訪客，東風不做任何回應。

如果單純攻擊東風，他根本沒必要用這種方式裝傻，大可以直接用某種方式把那個攻擊者拖出來。

說到釣客……

聿猛然想起了打鬧那時來制止他們的釣客。

當時，對方的燈的確是突然亮起，毫無預警地打在他們身上，所以鬧得正熱的學生群才沒注意被人靠近。

那個人並不是制止他們。

他是在確認他們。

然後……

真正要攻擊的對象，其實是虞因。

所以東風才什麼都不說。

看著聿露出瞭然的表情，東風微笑了下，將繞滿白色繃帶的食指放在嘴唇前。

「他不須要知道。」

□

「那包是什麼啊？」

發動車輛後，向振榮有點在意副駕駛座虞因手上的那包東西。

「我看看……啊。」打開後，裡面是一小疊寫了字的紙，大約十幾張，並沒有寫滿，每段都很簡短，抽出來仔細一看，虞因立刻知道對方給他的用意。

這一份是那些日記的後續默寫。

沒想到東風在這種狀況下竟然還記著這件事，虞因實在是感到五味雜陳，很想抓著對方大喊你先顧好自己再寫啊……

紙上的字跡甚至有些顫抖變形。

「很重要就先看一下吧，既然趕著拿給你，應該有點急。」這樣說完後，向振榮就把車停到附近的超商前，「我買個喝的。」

「嗯。」

聽見對方下車後自動鎖起車門的聲音，虞因繼續讀著紙上的後續。

他可以感覺到身後有視線感。

森冷的目光緊緊瞪著他。

這次鐵了心把護身符掛好，虞因無視後照鏡顯現出後座有個人坐在那邊瞪他的影像，拚著一口氣快速閱讀紙張。

有本事就來燒紙！

從頭到尾他都覺得很奇怪，對方根本沒理由跟上他惡作劇，他們和那對母子完全是兩條平行線，除了短暫的交集外，壓根連他們是誰、住在哪家旅館都不知道，如果這飄不對他們鬧來鬧去，他們也不會注意這些事情……它大可以自己爽快俐落地看要砸死還是燒死它恨的人，很快地，幾分鐘就可以完成。

但是它卻跑來鬧他們。

虞因不認爲有特地來對他們惡作劇和警告的必要。

假如易地而處，那女的早死了，他才不會浪費時間去招惹外人。

讀完第一張紙，將紙張放到一旁時，紙張幾乎在瞬間染成血紅的色彩，字體完全被覆蓋，然後消失。

超商裡的向振榮正在等待店員沖泡咖啡飲品，不過前面似乎還在處理其他消費者的問題，兩名店員正在努力地達成客戶的需求。

這些日記的主人也曾做過這樣的事。

他由父親獨力撫養長大，從小就跟著到處打零工，替自己補貼一點生活費用。高中所有的寒暑假都在打工，一點一滴地存著自己讀大學所需的所有款項……這些在之前的日記裡就讀過了。如此努力，沒想到換來的是父親遭遇車禍、重傷不治。

於是那些錢拿來作爲喪葬費用。

這些不辛苦，比他可憐的人還要多很多……即使是這樣還是會難過。

所以重新上班的那天，一名客人因爲影印機操作不當、印不出想要的東西朝他咆哮時，他選擇的不是過往那種謙卑連連的抱歉，而是直接反應對方自己選擇錯誤，且在剛剛已經詢問過是不是要幫忙、卻被怒罵「別把我當笨蛋」的拒絕。

當然，客人很生氣。

同事打圓場急忙道歉，店長出來道歉，客人還是壓不下火氣，因爲他剛剛還不斷吹噓他什麼影印機都用過。

之後他就被炒了。

後來，換過工作、再換過工作，不斷地再換下一個工作。

因爲要讀大學、要租屋，要自己負擔生活費，要盡量地活下去。
同事人都很好，大家可以互相體諒。
老闆永遠以和爲貴，客人是對的。
爲了讓客人和老闆滿意，他們必須謙卑得像狗，連最無理的事情都不能反駁。
生活裡充滿了怒罵與叫囂，住處持續的吵鬧已難以忍耐，連最後一點渴望都跟著消失。

11月30日

我累了。

翻到最後一張紙。
之後，就再也沒有其他的更新了。
虞因總算知道爲什麼東風堅持要他看完所有日記，的確不看完不行。
他抬起頭，後照鏡裡的青年閉上血紅色的眼睛，消失在空氣中。
散落在車裡的紙張已經消褪了色彩，恢復成寫著字體的樣子。
「抱歉，等了有一會兒。剛剛裡面實在有點離譜，你聽了一定會覺得好笑，前面的客人竟然因爲買不到限量巧克力在對店員發飆，眞想問他那玩意不吃會死嗎……現在的人眞是。」駕駛座的門被打開，端著兩杯熱飲坐進來，向振榮關上車門，有點好笑地搖頭：「外面氣溫有點冷，你先喝吧。」

「……振榮哥。」將飲料放置好，虞因撥了通電話回家，打算好好地告訴正在忙的虞佟或虞夏一些事情，請他們幫這個忙。

「怎麼了？」

「我們去另外那家醫院吧。」

8

「你們是剛剛那群很好笑的學生的朋友吧？」

到達醫院後，向振榮在護理站詢問，櫃台的護士有點似笑非笑地開口：「賴太太在左邊轉角那間房，她沒事……別說我告訴你們的，呵……」

也不知道阿關他們幹了什麼讓護士有這種反應，虞因決定等等逼問一下。

不過看來他們沒有留很久，八成人送到就跑了，所以和他們錯過。

順著護士的方向，虞因兩人大老遠就聽到很熟悉的怒罵聲，看來是和警察或旅館槓上了，隱約可以聽見「失火干我屁事」、「應該是你們這爛旅館要負全責」、「你們要補償我的損失」之類的獅吼。

走過去後，不意外看見很無奈的員警及旅館代表，早些時候被送過來的男孩坐在旁邊吃花蓮薯，估計是哪個同學給他的。

「賴太太，剛才就說過了，我們滅火後看見妳自己買的滷味沒綁好，那些滷汁放在桌邊流出來，澆在牆壁插座上才引起電線走火，這並不是旅館疏失。」

似乎解釋了好幾次的旅館經理雖想維持有禮貌的形象，但語氣已開始有點不耐與動搖。

「你屁！這樣就電線走火不就是因爲你們設備老舊、沒更新，給客人一個安全的環境是旅館該做的事情吧！你這樣講是怎樣，打算把責任全部推到我身上嗎？管理一間旅館這麼不負責任，你是看我女人好欺負啊！」

「賴太太，不是這個意思……」

「不然你啥意思！不是你們疏失還是我的錯嗎！」

「賴太太，做人還是要講點道理……」

「你現在是說我不講道理嗎！」盤坐在床上的婦人漲紅了臉，加大音量，「好啊！竟然敢說我不講道理！你根本是在公然侮辱我！信不信我告你！」

「我沒這個意思……」

「大家都聽到你說我不講道理，這麼多人你竟然敢這樣罵我！我一個女人家爲什麼要這樣被你們欺凌啊？當眾用這種話罵我，還有沒有公道啊！明明你們旅館不對在先，現在還惡人先告狀，這世間是怎樣啊？你們黑的都想講成白的，要我們消費者自認倒楣是不是啊！」

有點看不下去的制服員警按著冒出青筋的經理，連忙卡進兩人中間，「賴太太，請不要這樣……」

「是怎樣！官商勾結嗎？現在警察也要幫這些無良商人講話是嗎？他們旅館應該也餵你們吃不少對吧！就知道你們這些警察——」

「是夠了沒有啊。」打斷了婦人新一波叫囂，向振榮語氣極度不友善地說道：「妳是沒遇過壞人嗎？別人不想理妳就越來越過分了？」

婦人愣了愣，直接喊叫了起來：「你這流氓小孩敢在警察前面威脅我！」

「敢啊，啊不然就讓他們抓回去咩，現在就幫妳叫多一點警察來抓。」向振榮聳聳肩，作勢拿起手機按了幾下簡訊，「我是隨便啦，妳自己不要後悔就好了。當然，先跟妳說，踏出去之後發生什麼事情都和我無關，畢竟我會在派出所裡喝茶嘛。」

「別鬧了喔。」抽過手機，看到上面只有幾個無意義的數字，員警把手機拍回對方身上，「你們又是來幹嘛的？」

「喔對，阿因你要幹嘛？」其實也不知道是來幹嘛，向振榮讓開身體，讓站在後面的人可以進到室內。

有點無言地穿過幾個人，虞因走到婦人面前，也不多講廢話，在對方瞪視下直接開口詢問：「阿姨，妳認得魏啓信嗎？」

「誰？」

開啓手機，裡面有他家二爸寄過來的新圖片，是張大男生的生活照，背景是某家餐廳，應該是和朋友聚餐，笑得很開心，下方桌面上還有不少飲料杯入鏡。虞因放大後轉給對方看，「這個人，魏啓信。」

「……」婦人不耐煩地瞟了眼照片，稍微想了想，開口罵道：「這不就是之前那個神經病！」

「去年八月中旬，妳開始去他們店裡消費，當時曾和他起衝突；但是在更早之前，大概是兩年前，他在一家加油站打工時，妳也因爲贈品問題和他起過衝突，有印象嗎？」雖說是臨時，不過虞夏也不知道去哪裡調來資料。他們手上擁有的日記是從搬家之後開始寫的，而在搬家前，魏啓信就和眼前的婦人有過糾紛報警的記錄，不過當時在警局由加油站站長賠償送禮，這件事便不了了之，並沒有後續。

有時候虞因不得不感歎他家大人調記錄的迅速，幾乎打電話等了一會兒後立刻就回覆他，看來大家怕歸怕，還是很信服的。

「誰記得兩年前的事情……啊！我想起來了，難怪我就覺得那個神經病很眼熟！」露出不悅的表情，婦人說道：「那白目大學生！服務態度有夠差，我就說不知道是誰家的小孩這麼沒教養，還敢說客人不對！原來是同一個人！」

室內的燈光閃爍了下，除了虞因外，幾個人紛紛反射性抬頭向上看了眼。

虞夏發過來的記錄，寫著該名員工在服務完婦人時，因為婦人的油錢並沒有滿額到能獲得她要的贈品，婦人認為不過就差二、三十塊，加油站應該要把東西給她，甚至拿出銅板丟在員工身上，大罵說差價她施捨給你們來補足云云，當場起了口角爭執。

「那在兩年……更久之前，妳也見過他，記得嗎？」

「我幹嘛一定要記得啊！他誰啊！總統嗎？又不是我家小孩是干我屁事，如果我家小孩是那種態度，出生時我就掐死他，這種人活在世界上幹嘛！」

「說起來，魏啓信後來在大學雖然是半工半讀，不過成績還是和之前國、高中時一樣，維持得很好，拿到不少獎學金。」記錄一調出來真是輝煌啊，讓虞因有點汗顏。

「你到底要幹嘛？」婦人耐心完全用罄，厭煩地開口：「你是那個神經病的朋友嗎？竟然追到這種地方是想怎樣！啊！難怪你們想誘拐我兒子──」

「其實魏啓信以前曾改過名字，他本名叫魏與賢，這次妳有沒有印象？」無視挑釁，虞因淡淡地看著瞬間安靜下來的婦人，「大概在國小畢業之前都還是用這個名字，不過他幼稚園時母親就離開了，由父親獨力撫養。」

「等等……」

「看樣子，他父母那時候是在學私奔的，不過因為這樣，父親和原本富裕的家庭斷絕關係，所以之後過著滿貧困的生活；父母似乎沒有結婚僅同居，後來母親也走得很乾脆、直接嫁給某個小開，沒再回來過。」

「你等等……」

「魏啓信的父親叫作魏朝賢，這次妳有印象了嗎？」

看著婦人瞬間刷白的面孔，虞因實在感覺不到自己對她有什麼同情。

燈光再次閃爍了下。

坐在椅子上晃著腳的男孩轉過頭，無聲地緩緩開口——

她不認得我。

□

她不認得我。

她竟然不認得我！

囂張跋扈完全不改，世界上永遠都只有她對。

只要身爲客人，不是她家的孩子，就全部都該死嗎？

花錢的是大爺，什麼客人都是對的？

別人家的孩子都該死。

活該因爲妳有幾個臭錢，就可以無限上綱嗎？

那如果，是你們的家人呢？

該死嗎？

全部都該死嗎？

因爲妳有幾個臭錢嗎？

有一天，我會恭喜妳家人也一樣被客人說該死。

那天不會太久。

推開了緊鎖的門，一陣混合著某種臭味的腐敗空氣隨即傳來。

陪同的員警和房東紛紛露出噁心的表情，房東甚至跑到樓梯間呼吸新鮮空氣，直嚷著住在這邊的是好小孩，每個月都有按時轉帳房租。

看著記錄，轉帳是使用自動扣款，除了房租外，水電也是，難怪沒人發現異狀。

門後一起被推開的是幾件用來塞住縫隙的衣服，簡易的小桌上擺著還未收拾的茶杯，裡頭有著深色的茶垢。

然後是冷卻熄滅已久的炭爐，以及躺在床上正在分解腐敗的遺體。

蓋上手邊的紙張，跨區過來的虞佟退出房間，在不破壞現場任何一物下先讓員警請求支援，接著才帶著抱歉的微笑開口：「眞對不起，沒想到會是這樣，本來想請他作爲案件協助人……」因爲收到虞因的簡訊，他和虞夏盡快查出青年最後的租屋處，所以用了其他藉口請這區的學弟幫忙，看來果然如他家兒子所料。

「不不，這和學長沒關係。」有點崇拜地看著眼前的人，員警說道：「不過看起來好像是自殺，房東先生，你多久沒看到他了啊？」

「這……沒很久啊。」房東皺起帶著曬斑的面孔，「前不久……啊，大概上禮拜而已，我在樓下的花圃插枝時忘記帶鉗子，所以朝上面這些住戶問了：『有沒有誰在啊？借個老虎鉗給伯伯剪鐵絲好不好』，這魏小弟就從窗戶丟了老虎鉗下來啊，後來我上來要還他時敲了門，他還在裡面喊說他在洗澡，讓我把老虎鉗放在門口，他等等收。」

「他本人嗎？」員警瞄了眼室內。

「是啊，就他的聲音。」

雖然不想嚇老人家，但剛剛一瞥，虞佟確定死亡時間絕對不只一個禮拜，根據屍體腐敗的樣子來看，很可能已經有幾個月了。

虞因手上的日記最後一次更新是在去年十一月底，而現在已經是春季……

但奇怪的是，房裡並沒有應該會有的蟑螂蚊蟲，甚至收整得很乾淨，遺體就這樣在空間中獨自默默腐化，不受任何干擾。

其實也看出一點端倪的員警搓搓手臂，再度向房東發問：「那、那在之前還有遇到他嗎？」

「有啊，上個月我登山扭傷了，晚上睡覺時聽到小弟還來敲我的門，說『伯伯你要小心，要保重身體』……唉，怎麼才短短時間就發生這種事呢……」

「那魏啓信是怎樣的人？」

「是個好孩子啦，剛搬來時有點誤會，我以爲他和隔壁那幾間的房客一樣挑毛病想要降房租，當時唸了幾句，後來才發現他應該是工作沒很順，有點問題，不過久了就知道他很乖，就是奇怪他老說房間有聲音，聽好幾次都沒有啊……不知是不是其他房客的冷氣聲。」

聽著員警和房東的話語，虞佟稍微打量了四周。

就是用舊式小公寓重新整修成套房出租，一層樓大概四戶，坪數都不大，不過對於單身族來說也不算小。

與其說沒有聲音，仔細一聽，虞佟的確有聽到類似某種機器運作的聲響，但聲音相當小，如果不專注聽，其實壓根不會發現。

不過現在並不是適合打開冷氣的季節，尤其住這種小套房的人多少都會減少使用這類耗電的機器與時間，「這哪戶的聲音？有人冷氣一直都開著嗎？」

房東有點疑惑，「我沒聽到什麼聲音啊？」

稍作思考，可能是房東有點年紀所以聽不到這種低頻，魏啓信如果有找朋友來，白天的話或許也只會以爲是附近冷氣聲響，不過如果這個聲音連晚上都有，對聲音敏感的人長久下來的確會受不了，甚至會影響精神，造成身心疲乏。

讓虞佟覺得奇怪的是，顯然魏啓信無時無刻都受到這種聲音的干擾，爲何有人會持續不間斷地開著某種儀器不停呢？

「虞佟學長？」其實也沒注意到什麼聲音的員警一臉疑惑。

「你們這裡哪一戶用電量最大、大到誇張的地步？」

「這個啊，就隔壁那間。」

□

「隔壁是大學生在製毒。」

看著手機傳來的訊息，坐在外頭休息的虞因嘆了口氣，「好像是什麼罕見手法，沒什麼味道，我大爸沒告訴我詳細狀況，隔壁把房間隔音做得很好，很少人會注意他那個改裝的機器運轉聲。」

虞佟通報之後和到來的檢察官、其他員警破門進去，當場查獲那些成品、半成品和感冒糖漿什麼的，大學生還在睡大頭覺，嚇醒後也很詫異警察竟然找進來。

「眞是可憐，成爲間接受害者啊，魏啓信。」向振榮搖搖頭，環著手靠在牆邊，「日日夜夜聽那些噪音聽到精神衰弱，還要應付沒完沒了的客人，這樣我反而覺得他自制力不錯，只在網上發洩，還是用隱藏日記自己罵自己看，連這些問題都不想麻煩朋友啊……眞傻。」

「是啊。」看著手邊的牛皮紙袋，虞因多少可以感覺到魏啓信當時的無力感。失去父親，自己孤獨一人關在小套房時，源源不絕的干擾聲響讓他無法徹底休息；不敢將這些事情麻煩同事朋友，因爲其他人認爲沒有這回事。之後打起精神上班，面對各式各樣的客人，幾乎每天都會收到無理的要求，不斷地繼續打擊他。

對外表現得好像什麼事情都沒有，可以堅強地和客人對嗆、可以拒絕無理，但大多時候不會有什麼好結果。

結果連他母親也是那其中一個人。

連他母親都怒斥他活在世界上幹嘛，而且認不出他。

那他的確很累了。

對於那些無理的人，陸陸續續轉換成對於世界的疲憊。

最終，他眞的永遠沉睡。

「就算憤怒到想殺了對方，還是很猶豫啊。」不然他大可很快地殺死婦人，不管是砸死或燒死，其實都可以辦得到而不受阻礙的。

但是魏啓信還是很猶豫，所以才會下意識纏著虞因不放，還將他弟弟帶到這邊。

本來一開始很不爽他那種莫名其妙的惡作劇行徑，現在也都煙消雲散了。

「唉……」

眞是讓人無力。

「應該沒人想得到罵店員，會有罵到自己親生孩子的時候吧。」向振榮聳聳肩。旁邊那個房間裡的婦人自從聽到這些事情後，氣焰全沒了，就呆呆地坐在床鋪上，一個字都說不出來。

「世界眞的很荒唐，什麼事都很難說。」從一開始到現在，虞因都這麼認爲。

所有發生的事情，永遠都沒有人知道最開始是爲什麼。

「是啊，總之接下來就是他們自己的事了，你就不要垂頭喪氣吧。」用力地搓搓大學生的頭，向振榮左右張望環顧，「我去買個飲料，等等我們直接過去接聿吧，東風的媽媽看起來肯定不會想請我們吃晚餐，我帶你們去吃好吃的海產。」

「謝啦。」

虞因站起身，看著向振榮消失在轉角後才回過身。

模糊的影子站在那裡。

「你再跟著她也沒意義了，不是嗎？對自己好一點吧。」

還很年輕的面孔沒了之前的戾氣，只淡淡地看了生者一眼，然後消失在空氣中。

不知道魏啓信最後會怎麼選擇，虞因能做的也只到這裡。

或許他想做的也不是殺死婦人。

只是想讓他母親記得教訓而已。

□

返回前一家醫院後，其實他們還滯留了些時間。

這次沒有被東風的媽媽攔在外面，應該是說東風的媽媽不在，聿告訴他們婦人去傳眞了，好像工作上有什麼很重要的事情，所以才剛跑出去。

把魏啓信的事完整告訴東風後，虞因看著對方支著下頷思考，「還有其他問題嗎？」

「不，倒是沒有。」

東風抬起頭，想了想，「要不你們就繼續行程吧，不用管我，反正我也不想繼續跟，有夠累。」

「振榮哥，可以麻煩……」

「我去買個飲料。」向振榮站起身，很有自知之明，「慢聊。」

關起房門後，虞因轉過頭，瞇起眼。

「幹嘛。」東風滑著手機，打開接收的圖片檔案。

「我想你應該老實交代爲什麼會和我們一起到這裡的原因。」虞因抽走對方的手機，瞄到上面好像是什麼骨頭，然後直接把電源按掉。「還有聿也是，你們兩個到底在幹嘛？」本來還有點高興對方跟來，但這兩天越來越覺得不是這樣，他根本就是一臉不得不來的模樣。

聿聳聳肩，一個字都沒吐出來。

「吼——我有這麼不能相信嗎！」虞因整個有點快抓狂，「有話就直接說，不要半夜比手語啊！」

「好啊，那我就直接說。」東風劈手奪回手機，將手上的東西往床鋪一壓，「你爲何不回去當你的乖乖學生就好，知不知道你父親多擔心你們又出來亂搞鬼的事情？你認爲你很行嗎？什麼冤案都可以幫忙消化破解嗎？簡直就是給別人製造麻煩而已不是嗎？」

「……所以是大爸或二爸請你出來的？」虞因挑起眉。

「這是重點嗎？重點是不要到處給別人添麻煩吧，你們不煩我都煩了，是不是可以請你自己節制一點，別看到什麼都想蹚渾水好不好！」東風咳了兩聲，按著嗆痛的胸口，「你們快回民宿吧，我想休息了。」

就直接這樣被轟出來，雖然想釐清自己覺得奇怪的地方，但這時候東風的母親正好返回，無法再繼續交談下去，只好也乖乖閃人。

踏出病房後，正好看見向振榮走過來。

「我還以為你們會講更久。」向振榮壓扁手上的空瓶，笑笑地說道：「都第三罐了。」

「眞不好意思……」

「開玩笑的，才這罐而已。怎麼，這麼快喔？」

「沒辦法，被轟出來。」隨口應答幾句話，虞因就跟著一起往停車場走。其實他並沒有感到生氣還什麼，只是覺得好像有點什麼事東風沒講……還有他剛剛幹嘛看那種照片？誰給他的？

抱著一肚子疑惑，他們再度離開醫院。

原本以為向振榮說要請吃海鮮是隨便講講，沒想到眞的被他載去吃了頓大餐。

而且還是頓完全不便宜的超級大餐，除了曼波魚外，還有鮮蝦、大魚什麼的，讓虞因感到很不好意思，相較之下聿就吃得很愉快，也算度過挺好的時光。

一整趟這樣下來，回到民宿也已經深夜了。

在門口就看見所有人都在房間裡，今天入住的其他遊客也都已經到達，各自在房裡玩得不亦樂乎。

「唉，忘記佳佳給我們的東西。」下車前，向振榮看見佳佳那包紙袋，想了想，「明天出門再吃吧，先放著，你們兩個也快去休息。」

虞因用力地拉拉筋骨，也認爲今天該結束了，處理一大堆事情、跑了不少地方，只剩下明天要打聽一下那具屍體，接著就看要回家還是追上其他朋友繼續吧。

這些念頭在打開房門與電燈後徹底煙消雲散。

出去前才收整好的房內顯然有不速之客闖入，背包與行李被翻開……出門前他們的錢財、手機等都帶在身上，留在房裡的只有換洗衣物和土產，上午也將筆電暫時先還給小鍾了，所以沒有實質上的太大損失。

但是眞的遭小偷了。

身心俱疲加上眼神死，虞因打了通電話給李臨玥。在不驚擾其他人的情況下，隔壁的李臨玥邊套著大外套，邊溜出來，然後看見房間的狀況也很驚訝。

「要叫阿關過來或是報警？」歪頭看了狀況，鎖並沒有壞掉，李臨玥看著被翻找過的行李，也覺得不太對勁。

「應該是沒掉東西。」他們買的土產甚至仍都完好，只是提袋被拆掉，東西都被放到旁邊；房間的衣櫃、抽屜也都被拉開了，但是沒有被破壞。虞因很乾脆地走進房裡點算衣物，果然一樣都不缺。

「奇怪了，那些新入住的遊客很晚才住進來，大概八、九點左右，之後他們就都在海邊和房間裡，我們也沒有看到奇怪的人跑進來啊。」李臨玥看了下手機時間，告訴虞因剩下來的所有人七點多就準備在庭院裡吃燒烤，因爲向振榮有打電話回來，所以知道他們三個會晚歸，就這樣鬧到快十點才各自回房。「你打算怎麼辦？」

虞因環著手思考了半晌，看著旁邊的聿，後者正在打量房間。

「沒掉東西就算了，只是想請妳幫我查件事……」拉著李臨玥退出房間，虞因避開聿，低聲把自己的問題告訴對方。

「OK，這不難，男生那邊讓阿關和小鍾問可以嗎？」

「我們班的都可以。」

「好。」

□

「老大，太好了你還沒回去。」

玖深推開辦公室的門，偷偷摸摸地鑽了進來，「看看這個。」

虞夏接過手機，看著上面的顯示圖片，接著皺起眉，「我不是說過不要叫小孩——」

「唉唉，這次是我。」打斷了虞夏的爆炸，數秒後再次開門進來的是嚴司，「雖然不想說魔手有那麼廣，不過我請個當地的學弟當場先幫我拍拍海邊那具屍體，電波般的直覺告訴在下，只要出現在大師附近的屍體肯定都不是簡單的屍體，一定是有被加持過的重點屍體，然後順便發個備份給小東仔，能者多勞一下。」

虞夏按著額頭，覺得自己的青筋有點跳動。

「老大，先別管阿司的廢話。」覺得看照片比較重要，玖深連忙催促對方忍住拳頭。

「玖深小弟你這話就太傷我的心了，本山人字字珠璣，你怎麼可以說是廢話～呢～？大冒險完之後膽子變比較大顆了嗎～那爲了表示我對同僚的愛意與致敬，只好先來個本地隧道……」

「我什麼都不想聽啊啊啊啊——」

覺得自己應該眞的會揍這兩個人，虞夏冷眼看著打鬧起來的兩隻，然後低頭看手機回傳的幾張照片與圖片。

圖片看來是用智慧型手機的簡易繪圖程式畫出來的，雖然說是簡易……但是虞夏覺得畫出來的人像根本一點都不簡易，還有點細緻得過分。扣除這點不說，乍看之下他覺得這張女性人像相當眼熟，眼熟到讓他覺得好像就是幾個月前、平空消失讓他們完全找不到的那個婦產科女醫生，即是當時和林梓蕾相關案件的那位。

「……」打開後面的照片，是被沖上岸的屍體各種細部特寫，最後在手部特寫上，果然有和之前東風寄來的影片上、相同的小部分刺青。

「所以我就說大師身邊的東西都有加持。」嚴司湊過去，直接搭在椅子邊，「太了不起了，你們眞的應該成立一個潛能開發訓練營，多幾隻大師，破案率即可節節高升。」

把旁邊的臉推開，虞夏站起身，「去申請接收屍體。」

「說到這個啊，其實來不及了耶。」露出很遺憾的表情，懷著有點沉重的心情，嚴司這樣說道：「屍體不見了。按照流程，每個單位都有簽收，但是屍體突然不見，現在正在追查下落，目前有的東西就只剩我學弟手上這些照片。」

「你沒和你學弟說屍體的重要性嗎？」虞夏簡直想掐死經手人員。

「你想讓我學弟沒有明天嗎？」嚴司覺得害別人英年早逝好像很不道德。

當然知道可能會發生什麼事，虞夏搖搖頭，眞覺得有點無力。

「對了，東風說有寄東西給我們，但是我沒收到……另外就是這個郵件。」和對方這陣子都有通聯的玖深接回手機，打開電子郵件，「他叫我們把安插的人弄走。」

「嗯？」

接過手機，上面只有短短幾個字。

快弄走你們的人，有危險。

「你有和東風說我們安插誰在旅遊裡？」虞夏皺起眉，先撥出訊息給遠在另端的同僚們。

「沒啊。」玖深連忙搖頭。

爲了確保安全，載所有人去觀光景點的聘僱司機和導遊都是警方的人，這點玖深也沒和其他人說過，因爲連他都不知道究竟有哪些人，就只有虞夏自己知道。

思考了下東風的意思，既然要他們快弄走，那表示東風不只發現團體裡誰是警察，肯定也發現有其他目的的人混進去。

到目前爲止，虞夏發現這個組織的青少年男女非常多，成年人反而是擔任陪襯的角色，肯定是以吸收尚未懂事的青少年爲主，再利用他們各自的喜好、弱點加以訓練。

如果這裡面有誰想混進去那個旅遊團體，根本易如反掌。

說起來，酒瓶和蟲的事件，與其說是帶有惡意的惡作劇，不如說是有目的的惡作劇。

是想要把某些人留下來嗎？

的確，當天晚上就發生了東風落海的事情。

但是東風說他們的人有危險……

猛然想通了什麼，虞夏站起身。

那些人攻擊的是所有相關人士，然後才是家屬。

他們是衝著安插進去的人而報名旅遊。

「差不多就是這樣了。」

翌日一早，李臨玥提著早餐敲開了虞因兩人的房門，將手上的清單交給對方，「另外跑掉那半我們也都問好了，我有叫大嘴闞不要和別人講，反正就是問問。」

因爲是虞因的拜託，所以她幾乎算是連夜就把所有事都處理了。

「謝了。」仔細看著紙張，虞因拍拍對方的肩膀，「改天請妳吃大餐。」

「唉呦，照我倆的交情何必這麼客氣傷財啊，頂多……」

「不，我覺得請妳吃飯比較不會有其他可怕的事情。」先下手爲強地還人情，就是因爲和對方認識太久，虞因知道不先講好怎麼還，下次絕對會被這女人用各種名義胡整。假裝是男友驅逐蒼蠅還算小意思，最可怕的就是什麼姊妹內衣嘉年華會的主辦地點是他家地址。

所以寧願破財請大餐，也不要被設計。

「眞不親切。」本來想說頂多親一個，沒想到被拒絕得如此之快，李臨玥很沒意思地嘖了聲：「小聿還沒醒嗎？」

「早醒了，跑去洗澡。」剛到時聿就對海邊和日出很有興趣，所以這幾天都醒得很早，和晚上不斷跑出去的東風正好相反。直接讓對方進來，虞因隨手關上門。「其他人應該還好吧？」

「品思美眉好得很啊，還很擔心你太操勞，一直在問可以幫上你什麼忙。說眞的，回去之後要不要認眞約會一下，說不定你們會意外地合拍喔？」用手肘推推友人，李臨玥在椅子上坐下，打開早餐提袋，「或是佳佳……」

話還沒說完，原本正傳來沖水聲的浴室突然發出幾個碰撞聲響。

「小聿？」敲敲浴室的門，都還沒問對方是怎麼了，虞因就看見浴室門突然打開，套好衣服的聿頭上蓋著條毛巾，然後抓住他，指向沖澡間。

跟著看過去，虞因立即知道對方跑出來的原因。

原本應該灑出水的蓮蓬頭所有孔洞密密麻麻地伸出長長的頭髮，被堵住的水從隙縫中順著那些頭髮不斷滴流而出，拉出了許多小小水柱。

還沒搞清楚是怎麼回事，接著他們就聽見隔壁傳來的尖叫聲，連帶影響其他還在睡的女孩子，立刻乒乒乓乓挾帶各種巨大聲響地撞開房門，全部衝出房間。

然後，比較遠處的男生房也傳來騷動，砰地開了門，跟著一票人也跑出來。

最後，新入住的遊客們也跟著尖叫的尖叫、逃出來的逃出來。跑出房之後，顯然事情還沒結束，陸續又傳來各種咒罵及驚叫，瞬間混亂一片。

「怎麼回事。」看樣子不單純，虞因立刻跑過去打開房門，都還沒問狀況，就覺得手邊好像有什麼；低頭一看，才看見把手上纏繞一整坨帶水的髮絲。不只他們房間，隔壁對門的房門上也沾黏很多，其他房間顯然也是。

一踏出去發現踏墊像是浸在水裡過般濕潤一片。

遊客們開始嚷著要找民宿主人，而阿關幾個人則是看向剛出來的虞因，等解釋。自己也很想求解釋的虞因聳聳肩，表示目前無解。

「佳佳受傷了。」餘驚未退，孟品思突然看見身旁女孩絞緊的雙手染著紅色，立即發出驚呼。

「我剛剛在洗手時被那些頭髮割到……」害怕地搓著手上的血與傷口，佳佳的眼睛都紅了，「會不會怎樣啊……」

「沒關係，我幫妳消毒包紮就好了……」安慰著眼淚都快流出來的女孩，孟品思朝虞因笑了下，把人帶去旁邊，「妳手上這個也是割到的？」

「啊不，那是刺青。」

聽著兩個女孩細小的交談聲，虞因朝李臨玥聳聳肩。

之後民宿主人被找來，看到每個房間的水龍頭、蓮蓬頭都噴出頭髮也很驚訝，就向所有人猛道歉，然後連忙找人來處理，最後安排大家先住到附近的其他民宿。

「這還眞是讓人想起不堪回首的記憶啊。」

下車後，揹著行李，李臨玥邊徒步走向新的住宿點，邊笑笑地向虞因說道，「不過沒上次那麼糟就是，還可接受。」

「是啊……」虞因其實還是滿想像以前一樣正常地大家出去玩。

「這還眞是難得的旅行。」幫幾個女生扛比較大件的行李，向振榮和阿關放慢腳步，加入談話，「我還是第一次看見蓮蓬頭裡有那麼長的頭髮。」

男生這邊據說是一早阿關要洗澡時，轉開蓮蓬頭就噴出一大堆髮絲，向振榮和其他幾個人就跟著跑出來了，然後才發現門口也掛滿頭髮。

和從其他地方來的遊客相比，他們的確看起來比較沒有那麼驚嚇。

「就和你說阿因是個啥事都會發生的人。」阿關如此形容友人。

「是干我屁事喔！」虞因朝前面混蛋的屁股踹下去。

「你屁股事啦！」阿關踉蹌兩下，趕快轉過來回踹。

「幼稚。」

看著兩個在那邊互踹屁股的友人，李臨玥很誇張地大嘆氣，接著勾住旁邊的聿，「長大不要變成那種白痴哥哥喔。」

聿看了她一眼，沒搭話。

臨時安排的新民宿是一棟小透天別墅。

雖然沒有可以烤肉的大大庭院，也有個很漂亮的花園，走溫馨布置風，距離原本的民宿大約步行十分鐘左右，不過也是就在海旁邊。

但要和其他遊客各分一半房間樓層，多少還是有點麻煩。

顯然另外幾組客人也有些微言，不過看在房間全額退費下，還是接受了。

放置好行李後，虞因就聽見敲門聲。

站在門外的是孟品思，有點不好意思地看著他：「那個……可以打擾你一下嗎？有點事情想和你說。」

「咦？好啊。」和聿打過招呼，虞因就與女孩走到下一層樓的小客廳。

確認附近沒有其他人之後，孟品思才小聲地開口：「其實，剛剛在幫佳佳包紮時我覺得有點怪怪的……」

「怪怪的？」虞因有點疑惑。

「佳佳的手腕上有很像割腕的傷痕。」比劃了下，孟品思說道：「我也見過有女生割腕的，但是佳佳的傷上面還有刺青，在那個舊傷上有個奇怪的刺青，很像也是一道疤，就說不上來哪裡怪……所以想和你說一聲。」

「是長什麼樣子的刺青？」對方這樣說，虞因也覺得好像哪裡怪。

「這個樣子……」

拿出筆記本，孟品思低下頭，很認眞地畫出一個大概的形狀，然後將小本子遞給虞因。

不知爲何，虞因總覺得這個刺青很像在哪邊看過，但一時想不起來，就是非常眼熟。

「不過妳爲什麼要特別和我說這件事？」把筆記本還給對方，他覺得孟品思特地找他出來說這個有些微妙。

「就是覺得這次旅遊發生了很多怪事，所以看著刺青覺得怪怪的，想說你父親是警察，跟你說一聲吧……」

聽起來好像也滿合理，虞因只好點點頭，「我會再留意看看，晚點再請振榮哥問一下威鈞好了。」沒記錯的話，他們兩個是同學，應該會知道些什麼。

前提是，可以問的話。

「嗯，另外就是佳佳一直在看著你們啦，我想佳佳或許也對你們有些意思，你就稍微關心點佳佳也好。」孟品思頓了頓，露出溫柔的微笑：「會割腕的人，肯定希望有人能了解自己，即使一點點也好。」

「我知道了。」虞因抓抓頭，有點傷腦筋地想著該怎麼處理這些事情。

達成目的後，孟品思就先轉回自己房間。

因為也沒有其他人，留下的虞因就乾脆地整個癱在小沙發上，默默思考把他們趕出民宿的用意為何。

他問過李臨玥那天晚上的事，友人告訴他通報警方後，警察很快就把屍體現場封鎖了，之後也順利帶走，並沒發生其他意外。

這樣就怪了，屍體都交給警方了，應該就等後續調查吧，怎麼又跑回來？

很隨意地偏過頭，突然看見牆壁上吊掛的木頭掛鐘直指三點十分，虞因本能一驚，整個人瞬間僵硬，接著才想到現在並不是在夢裡，他非常確實地在現實中。

牆上的時鐘沒有移動，秒針也停止住，看來是故障。

不知算不算巧合，反正他被嚇了一大跳，沒心情繼續坐下去，還是先回房間和聿討論回家的事情吧。

站起身時，他自然而然地低下頭。

然後看見沙發下有半張蒼白的臉正在盯著自己，接著緩緩縮回了沙發底部，只留下一大團糾結長髮。

……所以到底是要怎樣？

「阿因。」

「！」

被後方冒出來的聲音嚇到，虞因立刻轉過身，看見了一臉莫名其妙的向振榮，「你走路好歹也出點聲。」

「咦？抱歉，大概是習慣了。」向振榮聳聳肩，將手上的紙袋拋給對方，「你看看這個，佳佳昨天拿給我們的東西，我剛剛整理車子才想起來。」

接住了有點重量的紙袋，打開後，虞因看見的是好幾包當地土產，應該是這兩天買的，甚至有幾顆不知還能不能吃的麻糬；稍微翻了翻，他發現有張紙條藏在裡面。

正要把紙條抽出來時，室內的燈光幾乎在同一瞬間熄滅。

雖然是白天，不過小客廳的位置是在無窗的房屋內部，所以偏暗。

「好像跳電了，我去找看看電箱。」聽到幾間房間傳出抱怨聲，確認附近使用電力的機器也全都停擺，向振榮這樣說道：「你先回房吧，小心點不要到處亂跑。」

看著對方直接轉身離開，虞因抓抓頭，也只好拿著紙袋先回房間。

雖然是這樣打算的，但才一踏出腳步，他就踏進水裡。

環顧整個小客廳的水，虞因實在有點傻眼，然後也覺得民宿主人真的很冤。

「我靠，第二間拜託手下留情。」

正想先回房間，他突然發現整條走廊上纏滿頭髮，不只地面，而是蔓延到牆壁，以及所有房門上，密密麻麻堵死了所有房間，隱約可以聽見有人在喊著門打不開。

低垂著頭部的女人站在陰暗的走廊中，濕潤的身體不斷滴落水珠。

抬起了腐爛得見骨的手，她側開身，指向了同樣繞滿頭髮的樓梯。

是上面還是下面？

他剛剛並沒有看見向振榮是往上走或是下樓，但聿是在樓上的房間裡。

一分神，女人已經消失了，走廊上的頭髮也開始剝落下墜。虞因快速通過走廊，大步跑上樓梯，果然上頭也布滿了水、頭髮，那些水甚至還帶著頭髮順著樓梯一路往下流，都不知道會自己消失還是又要讓大家嚇一次。

正要走到房間前時，虞因看見除了他之外，還有另一個人也在走廊邊，似乎被整屋子的頭髮嚇到，正在猶豫要不要進房。

「這怎麼回事啊？」

威鈞一發現有人，立刻迎上來，「有沒有外出旅行走到哪都是鬼屋的八卦，這也太詭異了吧！而且又是一堆頭髮，這女的哪來這麼多頭髮好留，難道鬼的頭髮可以無限生成嗎？」

「這我可不知道。」虞因撥開房門上的大量髮絲，覺得有點奇怪，自己住的這間，髮量竟然比其他間多，整扇門都快被蓋滿了。

「眞不知道死了就死了，幹嘛還要這樣做怪。」

「我可不這樣覺得喔。還有，你怎麼知道『這玩意』是女的？」

幾乎在後面的東西捅上來之前避開身，落空的蝴蝶刀直接貫過頭髮，插在門板上。

虞因回過身，看見威鈞若無其事地挑起眉，似笑非笑地朝他開口：「你什麼時候開始對我有戒心？閃這麼快，準備好的吧？」

「……雖然我不知道東風他們在騙我什麼，但我也看得出來勒痕有問題，他們會這樣死不告訴我某些事，其實原因很好猜。」虞因承認自己比起聿和東風真的不聰明，那兩隻的腦容量大概是他的數十倍。即使如此，他還是知道他們兩個很有共通點，就是遇到事情會把相關的人、身邊的人用力推開。往這點思考，他大致可以猜到問題應該是出在自己身上，而且還可以猜出東風失憶肯定是胡說騙人的，會讓他這麼忌憚八成也就只有那幾個手指算得出來的點。「所以我請人幫我從旁問過大部分的人；其中有好幾個同學都異口同聲說，告訴振榮哥以爲走出去那個是我的人就是你，如果是因爲穿著打扮被攻擊，想來想去我也只想得出那天晚上有陌生人出現時，率先起鬨讓大家把自己扛出去、讓外人來確定穿著的，也是你。」

虞因其實並不是很確定自己的想法對不對，不過謹慎小心並不是什麼壞事。

「不是我的話就很冤枉啊。」威鈞笑笑地靠在門板上，「怎麼可以亂懷疑別人。」

「反正你又不是我親朋好友，不是頂多就絕交啊，我又不擔心人際關係會有影響。」虞因盯著對方的動作，慢慢向後退，打算讓人先離開那扇門，「誰知道你自己突然動作那麼快要動手，這裡人那麼多，你也眞有種。」

「你也很清楚啊，如果不是佳佳那個智障女，我也不用急著現在出手，人可以再製造成別的意外。」從容地打開側背包，威鈞拿出槍枝，「她不是想給你們通風報信嗎。」

注意到對方的目光在自己手上的紙袋，虞因立刻把裡面的土產都扔到旁邊，抽出紙條，上面寫著：威鈞要殺你們，不要來！

難怪佳佳會一直想找他。

「被嚇個兩次就反悔了，竟然想要脫離啊，嘖嘖。她怎麼腦子就不記著想反叛的人會發生什麼事。」輕輕地上膛，威鈞指著對方，「附帶一提，其實我們要下手的目標不是你，只是很巧合地碰上算帳的時間點，要修理你的是另外一撥人，本來想說先讓他動手，之後再下手比較容易，哪知道這麼麻煩，那傢伙竟然沒先確認好還弄錯人，太麻煩了。」

「弄錯人？」

「而且，就我所知，其實那傢伙收到的指令應該只有教訓你一頓呢，把人殺掉什麼的並不在計畫中，估計是他自己動手過頭。」威鈞勾起笑，這樣說道：「死白目，做了多餘的事，竟然還沒做乾淨。」

「所以東風眞的是因爲我才發生這些事情？」原本只是臆測，現在幾乎直接從對方口中聽見答案，虞因瞬間很愧疚。早知道會這樣，還不如一開始就不要邀對方，他自己一個人待在家裡刻東西、好好的也不會發生這種事情。

「對啊，不然你認爲呢。」威鈞也很坦白地回答：「不過現在狀況不一樣了，要怪的話就去怪佳佳吧～」

「你——」

還沒說出想講的話，虞因突然聽見一陣開門聲，威鈞左側的門竟然擺脫了頭髮，整個打開。

「……咦。」沒想到一打開門會撞見這種勁爆畫面，李臨玥睜大眼睛。

「笨！快點關門！」居然呆住了！虞因連忙朝友人大喊。

「玩具槍？」李臨玥退開兩步，想想覺得不對，走上前歪著頭打量威鈞手上的槍枝，「哇塞，做得好像眞的，你們這群男生也太幼稚了吧，竟然在民宿玩這種東西，該不會等等就要打枕頭仗吧？未免也太童心～」

有種很想暈倒的感覺，如果不是眼前狀況危險，虞因眞想朝這笨女人腦袋上來一掌。

「妳少裝了。」威鈞冷笑了聲，將槍枝轉向冒出來的女性。

「喔、是啊，大家都別裝了。」露出極度美麗惑人的微笑，李臨玥殘忍凶猛地直接朝對方胯下來一腳，被無預警攻擊的人摀住受重創的部位，痛到彎下身，「殺人啦！阿關你還不快點出來！」

不知道爲什麼會在女生房間的阿關拿著一支通馬桶的東西匆匆出來，見不對勁，整個人朝威鈞身上撲過去，沾著可疑污漬的吸把直接往對方手上、臉上一陣亂打亂吸，「幹！你誰啊你！」

走廊的頭髮不知道什麼時候都剝落了，幾扇門在聽見騷動後紛紛打開，接著跑出來的人也加入圍毆威鈞的混戰。

「阿關你手上那個拿走啦！」

「幹好噁心！」

「又不是吸你們！」

看著一群人無視整走廊詭異又大量的頭髮，只集中精神修理被壓住的人，虞因突然覺得有點想笑。

朝被壓在地上的人又踹了兩腳，李臨玥撿起落在旁邊的槍枝，「哼哼哼，萬法歸宗，你奶奶我都用這招修理色狼。」

「女人，別玩，那槍有——」

都還沒告訴對方槍上膛了，虞因就聽見一個槍響，整個耳朵瞬間嗡地劇痛耳鳴，那發子彈打在他後面的牆壁上。

「……」因爲後座力沒站穩，摔在地上的李臨玥和其他人一樣呆了好幾秒，接著露出專騙男人用的營業式笑容，「我請你吃大餐？」

劈手奪走槍，虞因立刻把子彈退光。

「你們沒事吧？我剛剛好像聽見槍聲。」從樓下匆匆跑上來，向振榮看著一群人，還有已經被打包捆好、還被揍成豬頭的威鈞，他瞬間有點疑惑外加無言，「……這是？」

屋子變成這種鬼樣子已經夠怪了，上樓竟然還看見阿關拿著吸把對著同行的朋友，一時之間還眞不知該從哪個問起。

「先別問。」看著落下的頭髮隨著水開始消退，虞因用力地拉開自己房門上那些長髮，其實在頭髮開始剝落時已經鬆脫不少，不像一開始糾纏得很緊，現在幾乎輕輕一扯就掉了大半，很快地便順利打開門。「小聿你沒事吧？」

被困在房裡的聿直接衝出來，隨即搖頭。

「我報警了，警察等等會過來。」李臨玥關上手機，環顧周圍，剛剛還眞的稍微有點驚嚇到，所以覺得那些頭髮好像已經不算什麼了，這讓她反而冷靜地注意到缺少的人。「奇怪，怎麼沒看到佳佳？」

「眞的耶，好像剛剛馬桶塞住時就沒看到了。」孟品思也跟著附和，然後小心翼翼地閃避著正在隨水流開的剩餘髮絲。

「……妳們不是一進來就叫我過去通馬桶嗎？」被叫去處理民生大事的阿關揮揮手上已經被某人擦乾淨的吸把。

其餘幾人也面面相覷，一臉莫名其妙。

「佳佳人呢？」蹲在攻擊者面前，虞因皺起眉問道。

威鈞露出冷笑。

「大家先找一下佳佳。」李臨玥拍拍手，讓幾個人開始動作，「阿關你看好這傢伙，要是敢再打歪主意，就給他一頓粗飽。」

比了個OK的手勢，阿關直接把吸把對準人。

大夥兒四下搜尋了所有房間，還是沒見到佳佳，直到樓下其他遊客傳來很大的騷動聲後，才聽見「有人死掉」的尖叫。

快速地衝下樓，最後虞因幾人在民宿後的小花圃中找到滿身是血的佳佳。

「還有氣，快點叫救護車。」解開了佳佳被綁住的雙手，虞因撕掉對方臉上的膠帶後，發現致命傷是手腕上極深的刀口。

聿拿下背包，快速地先幫女孩止血。

留意到女孩似乎還殘存著意識、不斷顫抖著，虞因接過其他人遞來的外套，先覆蓋在女孩身上，然後彎下身低聲地說道：「放心，救護車快來了，妳不用害怕，沒事的。」

像是魚般不斷張闔著嘴唇，佳佳流出眼淚，卻沒有說任何話。

「我們都在妳身邊，不要害怕。」孟品思蹲下身，握著女孩另一隻手，然後靠向虞因身邊，輕聲地說：「她的刺青被切掉了。」

虞因看向聿處理的那隻手，傷口的確太大，落下的那刀直接穿過了先前的舊傷，但是上面有一部分皮肉消失了，像是被人刨走，冒出濃稠的血液，隨著顫抖不斷滴落。

佳佳看著他們，眼神除了對死亡的害怕之外，還有其他的恐懼。

隨後，救護車來了。

「我們先過去醫院，你們留下來處理。」

李臨玥攔住想跟上去的虞因，說道：「樓上那個不知道是怎樣，反正有問題就用我那個絕招！自己小心點。」

目送著幾個女同學和救護車離去，虞因重新回到民宿樓層裡。

「你自己有底嗎？」一樣衣服上也沾染不少血紅，向振榮邊走著台階，邊問。

「啊啊，大概有。」難怪東風會罵他那些，一想到剛剛的對話，虞因實在很無力，腦袋裡雖然可以拼湊起所有事情，但是完全沒有什麼值得慶祝的心情。

不知道什麼時候，滿屋子的頭髮和水已經全退掉了，就像之前看到的只是幻覺，現在連一點頭髮、一滴水的痕跡都找不到，乾淨得如同早上剛進來時一樣。

仔細一想，除了他們這些人看見怪異，其他的遊客似乎並沒有看見這波頭髮，頂多是被關在房裡，而剛剛在喊叫有人死掉時也沒有其他驚嚇……看來那位飄只影響了他們。

不過被揍成豬頭的人還是一臉豬頭，並沒有消腫退掉。

「你到底是誰？」蹲在威鈞面前，虞因嚴肅地開口：「進房間翻東西的也是你吧？還是佳佳？」

威鈞冷看了他一眼，沒說話。

稍微思考了下，虞因開始覺得這位女性飄把他們全部趕出民宿，是不是就是因爲這個原因？

因爲有人去搜房間？

還是因爲他們有危險？

「……那個女人住過我們那間房？」注意到威鈞臉上瞬閃而逝的訝異，知道自己應該沒有猜錯方向，阻止後頭阿關想開口詢問的動作，虞因繼續說道：「離開的時候被殺死了，但是她有留下什麼對吧。」

他知道鬼是從海底爬上來的，這就表示起碼在離開房間之前，人都還活著，所以不是直接出現在房間中，而是「回來」。

「那個女人告訴你的嗎？」盯著虞因半晌，威鈞才慢慢張開嘴巴，冷冷地回應：「阿關他們在屁說你有陰陽眼，我還不太信……知道太多對你沒好處，自己好自爲之吧。」

「你也不問我找到什麼嗎？」這點倒是讓虞因有點訝異了。

「你找到什麼都沒關係，既然拿到手，就小心別死掉，這是眞心和你講的，起碼你現在還有家和命可以回去哭自己太多事。」

說完這些後，威鈞就不肯再開口了，不管阿關如何虐待他還是拿吸馬桶的往他臉上蓋，就連一個字都沒再吐出來。

於是，這次的旅行畫下句點。

後來，醫院通知佳佳成功活了下來。

「王慧佳和威鈞這兩個名字都是假的，學籍資料和身分都是僞造，學校方面現在已經在追查相關事務，眞正擁有這兩個名字的似乎另有其人。」

當天半夜搭末班車到達民宿的葉桓恩與阿柳直接入住在僅剩的空房裡，葉桓恩有點抱歉地朝虞因兩人說道：「本來夏要來，但是他那邊事情也很多，希望你們看到我不會很失望。」他這趟下來也負責與當地警局協調，順便將兩個疑犯一起帶回去。阿柳則是支援那具消失的屍體相關事宜，虞夏很暴怒地希望可以找到點殘餘痕跡。

「葉大哥你別開玩笑了啦。」虞因有點無力，「……眞希望我大爸和二爸明講會有危險，我就不會出來了。」

「工作上的事，應該不想影響到你們吧，虞警官還是希望你們可以正常生活。」對於這點，葉桓恩自己也很能體會，他也不想家人因爲工作關係被困在小圈子裡，只是沒想到對方出手比他們預想的還要可惡。

「和你無關。」拍拍大男孩的肩膀，阿柳說道：「錯的是那些壞人，不就是這樣嗎。」

「也是啦，害我欠同學一大堆大餐，他們要是向我敲茹絲葵我就慘了。」這次不管對李臨玥還是阿關、小鍾等人都很抱歉，虞因雖然唸歸唸，但是覺得就算是敲他高價，這些朋友也是很值得。

然後，還有東風……

正想著不知該怎麼向對方道歉，送一整套雕刻用品行不行時，坐在側邊的人拉了拉他，轉頭一看看見聿正盯著自己，「知道啦，點心屋吃到飽對吧。」就算腦袋好得和鬼一樣，但有企圖時還是跟正常人差不多就是。

才剛說完，聿就有點高興地放開手。

「偶爾吃個大餐也不錯啊。好啦，我們也要先休息了，搭好幾個小時的車快累死，你們也快睡吧。」溫和地勾出笑容，葉桓恩起身，與同僚一起退出房間。

民宿主人幫他們安排的空房在一樓，原本開窗後有小陽台、也可以看見小花圃，平常也算是滿受歡迎的房間，不過上午才有人在花圃被刺殺，所以其他遊客擔心安全，就要求換到別間空房。

打開自己的房間後，黑暗的室內中明顯有另一人存在。

「怎麼不先開燈。」

打開了室內燈光，葉桓恩將行李放到門邊的架上，隨後進來的阿柳則是謹慎地關上門。

「萬事小心啊。」

早就坐在裡頭的向振榮笑笑地往旁邊挪了挪，接住對方丟給他的紙袋，「學長你的腳看起來比之前好很多，不過是不是沒痊癒？」

「有復健但還是有點跛，沒辦法了。」葉桓恩聳聳肩，直接往自己學弟頭上一拍，「這趟辛苦你了。」

「小事。」向振榮——也就是虞夏安插在旅遊中的另一名員警，原本是支援飆車族事件的勤務，主要混入各支車隊裡向警方回報相關資訊，讓虞佟他們可以繼續追蹤之前金毛的餘黨和後頭的組織，後來不經意和阿關混熟了，這次轉來支援保護這些小孩。

當然，虞夏也不只找他一個，包車的司機和民宿附近的遊客也有隨時交互替換的人手。

「阿因和小聿應該多少有發現吧。」阿柳留意到剛剛大男孩在和他們說這兩天發生的事情時，表情有點瞭然，只是沒說破。

「我想應該也是，後來阿因還滿配合的，也沒多問我什麼。」向振榮自己多少有這種感覺，「不過那個東風是一開始就知道我是警察，眞是精明啊。」東風會挑他出去郵局和書局不是沒道理的，根本一出門就快狠準地問他是不是警察，害他以爲自己露出什麼破綻。

「那個小孩是例外。」大概外星人混入他也看得出來吧，阿柳深深這樣認爲。

「眞有意思，可惜還不能和他們自我介紹，事後再告訴他們眞名吧。」當然不是叫現在使用的這個名字，向振榮接過葉桓恩幫大家泡的茶包，「幸好照片裡沒有我啊，不然還眞的很麻煩。」長期混在飆車族裡，並沒有在局裡奔走出入，所以向振榮反而沒被盯上，虞夏才會私下請託來幫忙。

「爲了之後的案子，盡量小心別曝光……等等。」

猛地感覺不對，既然向振榮沒有曝光，那就代表威鈞他們的目標並不是向振榮，要殺的警察也不是他。葉桓恩稍微一想，立刻知道踏到陷阱了，「快點熄燈！」

那些人知道這裡出狀況後，肯定會有人下來。

惡作劇是想引起注意，佳佳的紙條是叫他們不要來，而不是快逃走。

東風落海時他們沒有出現，找到屍體時他們沒有出現，所以用處刑的方式殺一個想要叛變的佳佳、加以利用，他們肯定就會來了。

……也很有可能佳佳根本沒有叛變。

還未全面思考完所有可能性，某個東西打在緊閉的窗戶上，高速地直接將玻璃撞開一個小洞，打破了擺放在小桌上的馬克杯。

「唉唉，應該要牢記我的資料啊。」抽出外套裡的佩槍，葉桓恩瞇起眼睛，判斷屋外攻擊者所在的位置後，直接甩出一槍，準確無誤地打在對方肩膀上。

黑暗中傳來悶哼，藏身附近的員警立刻制住捕捉。

或許是因爲臨時改變住所，所以對方還沒完全計畫好周遭的路線，很快就被制伏了。

「嗯，果然是攻擊東風那個釣客，頭上有傷，樣子就和東風畫給我們的很相似。」和屍體人像一起傳來的還有釣客畫像，但是東風特地強調他並沒有眞正看見，只有手抓住時的輪廓記憶。收起手機，阿柳鬆了口氣，起碼算是幫那個男孩報了個小仇。

「那我剛剛應該打在更痛的地方。」葉桓恩有點遺憾，早知道他就多開兩槍替孩子們解氣。

「與其這樣還不如給我開，我槍法超爛的，可能會打錯很多地方。」向振榮跟著遺憾，

「好了，我先回房間啦。」

「自己小心安全。」

「彼此彼此。」

□

半夜時，虞因感到很冷。

那種冷不是天氣的低溫，而是打從骨子裡徹底感到寒冷。

冷到實在受不了，猛然起身，突然發現自己躺在原本民宿的床鋪上。

這次他很明白地知道自己正在作夢，聿並沒有睡在旁邊，房裡的空氣極度冰涼。下意識轉過頭，他看見了低垂著腦袋的女性坐在那張椅子上，糾結的長髮依舊覆蓋她的面孔，裸露出來的皮膚腐爛見骨。

「妳是三點十分……過去的嗎？」

掀開棉被，不知道爲什麼自己居然沒有任何恐懼，虞因很平常地開口發問。

並沒有正面回應他的問題，女性慢慢抬起缺少指頭的手，指向了擺放在櫃上的裝飾時鐘，指針正指著三點十分，如同先前。

「妳是……」

幾乎瞬間猛然驚醒。

虞因瞪大眼睛、坐起身，旁邊的聿睡得正熟。

難道不是死於三點十分嗎？

「啊！」

該不會是更直接那種方式吧！

猛一抬頭，他突然看見有人站在他們床前，蒼白的面孔與黯淡的夜燈燈光，讓無預警的虞因又被嚇了一跳。

褪去了淡淡的黑，魏啓信就站在那裡看著他。

「還、還有事嗎？」虞因拍著胸口，還以爲這邊的事情結束了，依照過去的經驗，應該要去哪就去哪、該幹啥就幹啥，所以他這次眞的被嚇得很徹底。

瞥了他一眼，青年緩慢地轉開頭，看向放在一旁充電的平板。

跟著瞄過去，虞因看見上面閃爍了幾下，跳出個聊天網站，接著自動輸入了帳號與密碼，快速跳出儲存在裡面的過往談話列。

更換了暱稱，不在熟人間發表自己的日記。

有時面對陌生人，反而更能直接說出當下的感受。

在這邊寫的是純粹對於認出婦人而憤怒的抱怨話語，單純、且發洩，僅止於平衡自己心理情緒而用。

然而，下面有人以私密談話的方式回覆了他。

B.B.Q：那你想要她消失嗎？這麼惡劣的女人，沒有也不算可惜吧。

B.B.Q：你不用擔心處理問題，這一切都和你無關。

B.B.Q：只要開口說一聲。

Pancho：不用了，我有其他更好的方式，謝了。

「……你遇過他？」

有點意外地看著對方，虞因沒想到還有這些事，當時東風可能因爲求快速解決，重心都放在日記上，所以沒有更仔細地查探剩下的網站。

說起來，東風的確說過對方有使用不同的網站與遊戲，在那邊或許也有其他的記錄吧。

看著記錄的時間點，過了幾天後，魏啓信就在房間裡永遠地睡去。

再度抬頭時，青年已經完全消失了。

雖然離開，不過網頁上的帳號登錄還在。

之後的事應該就交給警方去處理吧，現在看人家的帳號好像有點侵犯隱私……其實之前就是，不過看來「本人」似乎對這件事沒有追究的意思。懷著很抱歉的心，虞因正打算登出帳號，那個B.B.Q的帳號突然亮了起來。

並沒有心理準備對方會上線，虞因當場沒反應過來，這邊就已跳出對話。

B.B.Q：你是誰？

一時不知怎麼回答對方，虞因直覺先拿手機傳訊息給遠在另一端的玖深，還沒按下傳送，平板上又跳出新的字體。

B.B.Q：不說話？那麼就是要我猜看看囉。

B.B.Q：總之，不是警察。

這傢伙竟然眞猜了起來！

邊在心裡朝連線那端的渾蛋罵了幾句，邊拿起平板，稍微思考後虞因也開始回應對方。

Pancho：爲什麼會說到警察？

B.B.Q：既然這樣問，那肯定不是。你也太好猜。

Pancho：我是本人。

B.B.Q：除非你從地獄爬回來。

B.B.Q：沒關係，你就留著這個帳號吧。

B.B.Q：我會再來找你。

沒有給虞因再打字的時間，對方立刻下線。

盯著字幕幾秒，虞因思考了下，將手機未傳出去的訊息刪除。

他不能確定這個帳號是不是蘇彰，但很顯然這個B.B.Q知道魏啓信已經死亡，也就是說他知道交談對象的眞實身分。

現在將帳號交出去，可能對方就不會再出現。

正在思考該怎麼辦時，虞因下意識轉過身，猛地就看見聿不知何時已經起身，還很清醒地看著自己。

「……你什麼時候醒的？」

聿沒有回話，但是表情很嚴肅。

「一開始就醒了？」

「嗯。」

這次回了聲，不過虞因也知道這小孩肯定是把事情都看在眼裡了，他剛才全副精神都放在網頁上，根本沒注意到有人在看，「你知道我在想啥吧。」

「嗯。」

虞因抓抓頭，有點尷尬地想著應該怎麼說服對方先讓他留著帳號。

「要使用，一定要找找。」先開口打破沉默，聿如此說道：「不答應，就告訴二爸。」

「那就這樣約好。」連忙附和對方的提議，虞因有點鬆了口氣，「不過只是最近而已，有適當的機會我就會自己告訴大爸和二爸。」

「嗯。」

聿抬起小指，非常認真地開口：「約定。」

「約定了。」

□

翌日下午，虞因和聿就在安排下，與李臨玥、向振榮四人先搭火車返回中部。

會選在午後，是因爲東風那邊早上要轉院，他們過去幫忙拿個行李什麼的，確認東風與他媽媽順利上了車後，才換他們出發。

當時虞因本來想就落海的事情和東風道歉講幾句話，但還沒開口似乎就被對方看破，不但叫他閉嘴別亂說話，還罵了幾句「與他無關、別亂想」之類的，接著婦人走了過來，他們就沒有再繼續說下去。

狀況外的阿關狂抱怨怎麼不跟大家繼續玩下去，現在追上行程都還來得及啊，接著就被李臨玥修理一頓。其餘人看沒事了，就依照原定計畫，與其他同學們會合，接續旅途。

同時間，開車載人來的葉桓恩接到電話，說警方找到遺失的那具屍體，但屍體已經毀損，被人塞在大型汽油桶中放了把火，通報傳來後，在山溝邊找到時只剩難以分辨的殘餘。尤其是放火的人似乎非常刻意不想讓他們得到什麼，除了使用大量燃料外，還放置了某種東西一起燒、外加搗碎，冷卻後除了骨頭之外，還有半桶不明的黑褐色黏液。

用阿柳的話來形容，他在看見桶子與內容物的那瞬間，幾乎就發誓要把犯人的頭部也塞進這桶東西裡。

不意外會變成這樣，應該說他們在知道屍體不見後，就已經做好這種心理準備，只是在看見時還是會爆青筋。總之接下來就要看阿柳可不可以在這些東西裡找到其他可用線索。

「對了，忘記把這個給阿柳哥。」虞因摸到口袋時，才想起那坨口香糖和TF卡，之後發生的事太多了，差點忘得精光，「雖然不知是不是那個女人的東西，但你們可以看看。」

「好，謝謝。」葉桓恩收下物品，看了向振榮一眼，才轉向虞因：「回去各自小心，我有聯絡虞警官他們，下車之後會看到我們的人來接。」

雖然很想說不用這麼麻煩，不過這次的事情也只能讓虞因乖乖把話吞回去。

於是，他們順利回家了。

之後，威鈞與佳佳被送回由虞夏團隊處理。

威鈞使用的槍枝上同樣有著印記刻痕，在小腿上則找到相同刺青。

但是兩人都不曾再開口說一個字，陷入僵持。

阿柳那邊帶回了不少待檢驗物品，其中有一些是從民宿搬回來的，特別先處理的是虞因告知的時鐘，在三點十分的短針、長針之間的間隔處中採出極爲清晰的指紋，看來是有人打開了時鐘蓋子，刻意留下些什麼；接著在口香糖中取得可用檢體，而ＴＦ卡中儲存了身分證件的掃描，女性大頭照與東風描繪的人像一致。

「看來她自己知道會死。」

虞夏看著報告，如此說著。

接下來就是盡量暗訪這名曾僞裝過婦科醫師的女性所有背景身分。

□

就在虞因小組順利完成畢展作品、和同學們正開始準備出展時，新聞上再度出現了瓦斯氣爆案。

原因相當平常，即是使用時不小心，沒有妥善關閉爐火，屋內也沒有流暢通風，當場造成剛回家的屋主重傷送醫。

當天晚上虞因在家裡得知，那名屋主就是先前正在與孟品思弟弟打官司的人。

「我們查過聊天室網址和記錄，孟品思的弟弟的確在當下就已經回絕了對方，所以B.B.Q沒有再進一步與對方接觸。」把這件事告訴自家兒子後，虞佟停頓了半晌。

「但這些不是巧合嗎？」虞因剛開始聽還以為是巧合，但他大爸的表情看起來並不是那回事。

「……你與孟品思之後還有聯繫嗎？」

不曉得對方為何會這樣問，虞因搖搖頭。

旅遊回來後，孟品思就沒再聯絡他了，他也沒有主動找對方。後來有聽李臨玥說女孩似乎和當時旅團裡另一名男生稍微看對眼，兩人目前正在談情說愛中，順便唸了他一頓不懂把握時機之類的。自己本身倒是沒太大感覺，眼下就只想先把畢展東西弄好而已……

「孟品思的弟弟確認沒有再與B.B.Q接觸，但我們從記錄中發現，孟品思本人也有使用那個聊天室，並且與B.B.Q談過話。」

當下，還在消化腦袋疑問的虞因並沒有反應過來這代表什麼意思。

虞佟拍拍自家兒子的肩膀，「別再和她有交集，好嗎。」

那瞬間，虞因突然想起來那段旅程中，孟品思的一舉一動。

為什麼特別告訴他佳仕的刺青？

告訴他們聊天室的事，是無心還是刻意？那個看起來很溫柔的女孩子，眞的是純粹出來散心嗎？

他突然分辨不出來了。

□

「你有告訴他另一件事嗎？」

離開房屋時，虞佟看見他兄弟正在庭院裡搬動之前栽種的盆栽，對方看見他出來，停下手邊工作，如此問道：「那個女人的事情。」

「沒有。」走到旁邊，虞佟蹲下身，「他不須要知道。」

上午，氣爆案發生之前，有名婦人到警局裡指名要找他們……與其說是他們，不如說是要找虞因。

那名婦人叫作賴慧春。

不知道她是從哪裡打聽來的，直接找上他們。

當時虞佟去了黎子泓那邊商討事務，虞夏乾脆自稱是父親本人。

「原來是警察的小孩，難怪他會知道那些事情。」

冷哼著露出了輕視的表情，婦人毫不客氣地開口：「我要找那個叫虞因的大學生。」

在虞夏強硬拒絕對方的要求後，婦人大抵看出來虞夏這種人軟硬都不吃、沒得商量，才轉而要他帶話。

「叫他不要太多事。」

「我並不後悔當初嫁給別人。說到底，啓信他爸自己信誓旦旦地說會讓我過上好生活，結果根本辦不到，沒道理我要陪他過苦日子……至於啓信，他自己要這樣選擇，不能全部怪罪到我身上，他也是個大人了，應該要知道人得追求自己的生活。都已經長那麼大，就要明白事理，別想把過不好的問題都推到我身上，那是他自己的事。」

「最噁心的是，我根本不想知道啓信的事情，你那個小孩沒事來揭穿別人的隱私。管好自己的小孩……不過看父親長這樣，八成又是個國、高中不檢點就生的吧，小孩會那種不三不四的樣子，好像也不意外了。哼，還當什麼警察。」

虞夏那時候沒揍人是因爲也在場的葉桓恩拉住他。

「我完全不後悔自己的選擇。」

丟下這句話後，婦人轉身就離開。

跟在後頭的小男孩走了兩步，突然轉過身朝虞夏笑了笑，把食指放在嘴巴上，做了個不出聲的動作。

接著，將手抬放在空氣中，像是與誰牽手一樣，跟著跑離。

「阿因沒有必要知道這些。」

虞佟壓根沒打算把這件事告訴屋裡的孩子，「他們以後也不會有任何交集，不是嗎。」

他認爲，魏啓信再也不會來找虞因了。

將來婦人會如何，他們也不會知道。

「哼。」虞夏冷笑了聲，搬起了最後一個小盆栽，「在這邊。」

塡滿土的盆栽有著與外表不相符的重量，他移開了植物與土，從裡面拿出個套著防水膜的小機器，橙黃色的小燈正一閃一爍地跳動著。

虞夏取出異物後，重新把盆栽放回去，「玩這種把戲。」

「你認為那個B.B.Q就是蘇彰嗎？」在虞夏去旁邊拍乾淨衣褲時，虞佟很順口地問道。

「廢話，那渾蛋根本就是故意等我們去找他。」

孟品思矢口否認與網友有更多的聯繫，當時只是想問對方是不是在騙他弟弟，後來就不了了之，而網站上的記錄也差不多就只有這些。

雖然如此，在查訪其他同學時，有不少人提到孟品思偶爾會放著手機不用，去找公共電話。

打給誰、說了什麼，到現在還未查出。

「蘇彰一直在尋找人選，他也刻意要我們知道這些事情。」

連續幾次案件，虞夏至少可以確定一些事情。

「威鈞、林梓蕾那些人是一個組織，而蘇彰反過來，他是一個人，但是絕對有不少人在『幫他忙』。」

虞因失蹤那時他們在追蹤車輛，虞夏便已注意到這件事情了。

單憑蘇彰一個人不可能辦到，一路前行的過程中還要非常剛好能找到需求車輛——也就是車主在這時段都有固定事情，不會立即發現車輛被開走，進而報警影響他的計畫——這些都必須長期觀察車主、車輛與四周環境狀況才可以做到。

所以蘇彰絕對不可能在短時間內擬定那種計畫，更何況當時逃脫的人並沒有提前預告是哪一日。

於是可以推測，有一群人在幫蘇彰留意各種資訊，以備他隨時用上，這就是很難抓到他的最大原因。

「幫你消除你最痛恨的事物，不沾你的手，只要在必要時幫點小忙，對吧。」同樣也已經知道這點，虞佟認爲最麻煩的事在於，他們無法完整地知道蘇彰究竟殺過幾個人，在這些死者背後，又是多少人與蘇彰接觸。

「起碼現在對他不是一無所知。」

蘇彰故意放條尾巴在他們面前示威，虞夏絕對就會踩爛他的本體。

「很快地，我們就會知道他究竟是誰，對吧。」虞佟伸出手，緊握成拳，「包括佳佳後面的組織，他們不會得意太久。」

「遲早連根嘎掉他們。」

虞夏握起拳，朝自家兄長手上一碰。

「走了！」

伸出手，打開緊閉許久的大門。

「呦，學弟你終於被放回來啦～」

幾乎是下意識，東風罵了句：「我不是你學弟！」一轉身，果然看見可惡的渾蛋從樓梯口走出來，八成是他學長告訴這傢伙自己離家的事。

……然後他學長肯定是從他母親那邊聽來的。

回到這裡後，因爲那些皮肉傷讓他不得不在那個家裡停留一段時間，就和上次一樣，等到傷口完全癒合後才可以離開。

這段期間，他和玖深聊了幾次，當時寄回來的快捷至今未到，但是查了寄送歷程，非常確定有人簽收了包裹，卻怎樣都查不出之後的下落，平白無故地蒸發了。

爲了不打草驚蛇，這件事就先按下。

「唉唉，親切點嘛，我特地帶了好吃的來幫你慶祝。」揚揚手上的小盒子，嚴司遞給對方後就站在門口，很習慣地乖乖待在外頭沒有跟進去。

原本想把盒子砸在對方臉上，但在看見楊德丞餐廳的標誌後，東風默默地拿進屋裡。

「你應該完全康復了吧？手指還有沒有哪裡會痛？好歹也算是吃飯的傢伙，別可惜了這點。」嚴司靠在門邊，瞄見裡頭桌上做到一半的黏土已完全乾裂，八成得扔掉了。嘖嘖，眞是浪費。接著在對方狠瞪後，轉身背對房內，老樣子看著外面牆壁。

下意識看了眼自己的手，經過好一陣子的調養，其實幾乎恢復了，只是偶爾會有點抽痛……那干外面那傢伙什麼事。東風一屁股在工作檯前坐下，打開紙盒，先飄出的是淡淡的蜂蜜香氣，接著看見的是塊樸素的手工小蛋糕，有點橘紅色，並沒有太多裝飾。

後來楊德丞的液態食物餐裡會夾雜著一、兩樣固體，他知道那是大家執意要訓練他吃人吃的東西。

「那個他親手做很久喔，手工繁複，搞了半天才做好，別浪費愛心喔～」非常不浪費的嚴司在餐廳等待時已吃掉一大堆試驗品，雖說是試驗品，但水準還是高高勝過許多糕點商家，更別提成品了。「超‧好‧吃，不吃會後悔，不吃會天打雷劈。」

無視外面的廢話，東風剝了一小塊送進嘴裡，蛋糕體並不會太甜，濕潤度很合口，剛好就是他喜歡的味道……什麼時候開始，自己竟然有喜歡的味道？

明明從很久以前，就已經喪失這種感覺。

原本不管吃什麼東西，都只感覺到噁心而已。

「對了，我還順便帶了些復健球來，看過你的病例，當時掉到海裡時還是有傷到筋骨，你沒事可以抓握著玩……」

話還沒說完，他就感覺後面有人靠近的氣息。

「……進來坐吧。」

低聲地說完話，東風立刻轉身回屋內。

「眞是感動啊～沒想到終於！被當人招待！嗚嗚嗚嗚～～～」嚴司立刻轉過頭，抹兩把淚，決定要好心好報地誠實坦白：「不枉費我特地帶健康營養的紅蘿蔔蛋糕，兔子長大了嗚嗚嗚～～～」楊德丞好凶狠啊，還眞的做到對方完全沒吃出來是紅蘿蔔，他就知道挑食不會有好下場，尤其是挑大廚師的食。

頓了下腳步，那瞬間覺得自己眞是腦殘，東風直接怒吼——

「你馬上給我滾出去！」

《渡客》完

【案簿錄小劇場】

護玄　繪

目標

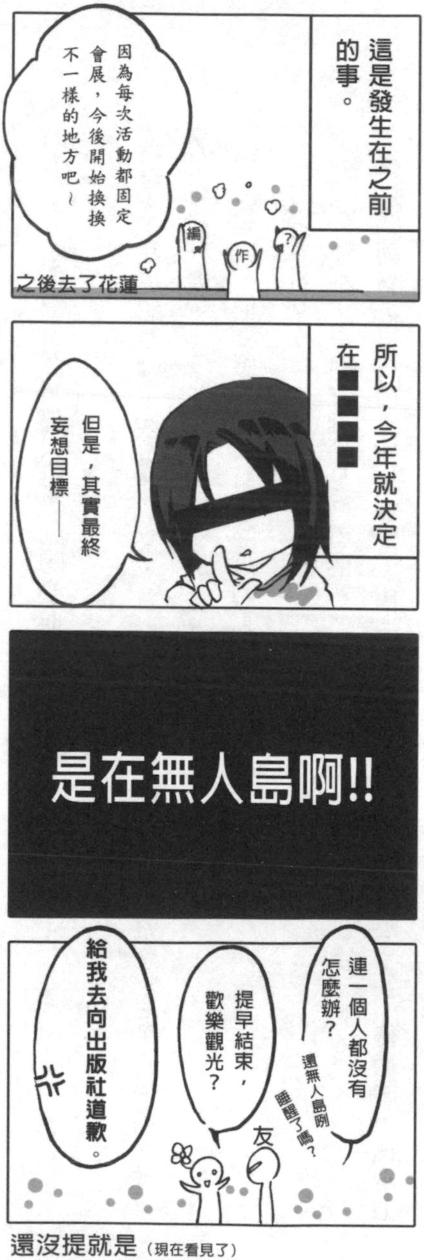
這是發生在之前的事。
因為每次活動都固定會展，今後開始換換不一樣的地方吧～
編
作
?
之後去了花蓮
所以，今年就決定在[redacted]
但是，其實最終妄想目標——
是在無人島啊!!
連一個人都沒有怎麼辦？
還無人島咧 睡醒了嗎？
提早結束，歡樂觀光？
友
給我去向出版社道歉。
還沒提就是（現在看見了）

挑戰

再挑啊！

土產

會不會爆炸呢？

國家圖書館出版品預行編目資料

渡客 / 護玄 著.——初版.
——台北市：蓋亞文化，2014.06
面； 公分.（案簿錄；6）
ISBN 978-986-319-093-6（平裝）

857.7 103008794

悅讀館 RE314

案簿錄 陸

渡客

作者 / 護玄
插畫 / AKRU 封面設計 / 克里斯
出版社 / 蓋亞文化有限公司
地址◎ 台北市103承德路二段75巷35號1樓
電話◎（02）25585438 傳真◎（02）25585439
部落格◎ gaeabooks.pixnet.net/blog
臉書◎ www.facebook.com/Gaeabooks
電子信箱◎ gaea@gaeabooks.com.tw
投稿信箱◎ editor@gaeabooks.com.tw
郵撥帳號◎ 19769541 戶名：蓋亞文化有限公司
法律顧問 / 宇達經貿法律事務所
總經銷 / 聯合發行股份有限公司
地址◎ 新北市新店區寶橋路二三五巷六弄六號二樓
電話◎（02）29178022 傳真◎（02）29156275
港澳地區 / 一代匯集
地址◎ 九龍旺角塘尾道64號龍駒企業大廈10樓B&D室
電話◎（852）2783-8102 傳真◎（852）2396-0050
初版四刷 / 2021年3月
定價 / 新台幣 220 元
Printed in Taiwan

GAEA
ISBN / 978-986-319-093-6

GAEA

Gaea